U0041108

臺灣，是亞洲大陸的離島

馬祖，是臺灣島的離島

東莒，是馬祖的離島

我就在那離離離島，與你距離那麼的遠，

心，卻很近很近.....

我在離離離島的日子

苦苓◎著作・攝影

馬祖・東莒位置圖

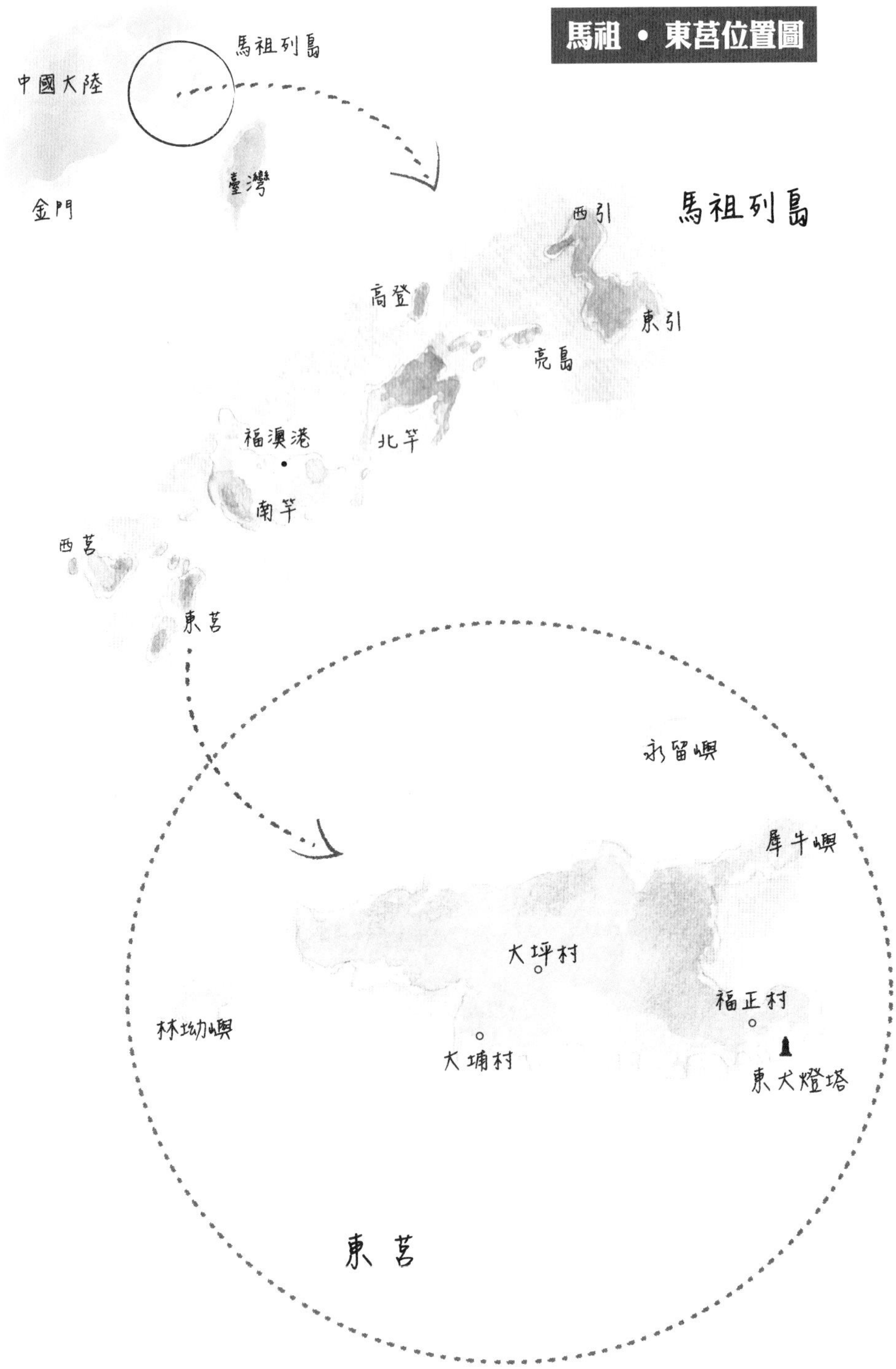
馬祖列島
中國大陸
臺灣
金門
馬祖列島
西引
高登
東引
亮島
福澳港
北竿
南竿
西莒
東莒
永留嶼
犀牛嶼
大坪村
福正村
林坳嶼
大埔村
東犬燈塔
東莒

〈推薦序〉東莒的老天使——苦苓

馬祖文化局　吳曉雲

若說「東莒」是苦苓的島嶼情人，我就是那個多事的媒人……

認識苦苓，緣於二〇一〇年主辦的一場名人講座，我們邀請苦大哥到離島馬祖進行一場「在人生的轉彎處」的演說。邀約時，想爲馬祖聽眾謀福利，開口向苦大哥要幾本著作，沒想到，要五毛給一百，他慨然將演講費全數購書一百本贈送聽眾，他說，來馬祖已太幸福，再拿演講費就不好意思了……

初見苦苓，在馬祖南竿機場，這個先前逃離社會又從自然中回來的男人，個子比想像中來得小，也不若臺面上的妙語如珠，初見時竟有些靦覥與不善交際。對我來說，這個從電視裡出來的人，和預期小有落差。

上了講臺，才知名嘴果然不同凡響。先毫不諱言昔日那段錯誤，立刻和聽眾拉近了距離，接下來以人生另一個起點來和大家分享他的山中情緣，深入淺出的介紹大自然的一草一木，妙語如珠，趣味橫生；在講臺上，我看到一個「放下」的男人，是多麼的有魅力。

下了舞臺，苦大哥說起他目前極簡的「減法生活」方式——沒有房子，沒有車子；一天吃兩餐，因爲多吃無益；減去物欲，因爲保險費即夠生活；有多餘的錢，就用來幫人實現夢想。苦苓發願，這一生希望能做十二個人的天使，彌補過去對社會的傷害；這一刻，是我眞正認識他的開始，一個溫暖而柔軟的人。

苦大哥說他想去一個離島，寫一本書，書名爲《我在離離離島的日子》。彷彿前生注定似的，馬祖正有一個離離離島，一個不到三平方公里，卻擁有六千年歷史底蘊的療癒之島——東莒。這裡有許多古樸的石頭房子、豐富的自然生態、在冷戰時期建構的軍事碉堡，以及一群可愛又善良的人們，一直等待著「對的人」到來。我們約定來年春暖花開，就等苦大哥來。事實上這一約定，我並沒有太放在心上，沒想到，隔年三月，我眞的接到苦苓來訊，他要來了……

我們一見如故，「非常懶惰與隨性」是我們共同的特質。苦大哥說，他是「思考的巨人、行動的侏儒」，只要有家 7-11 就能生存，這可難倒我這個媒人婆了！東莒不僅沒有 7-11，連唯一小鋪也都是以販賣阿兵哥的零食爲主。我苦思島上可能的供餐模式，並到處詢問是否有人願意提供協助，想當然耳，這裡每一個像這座島嶼一樣可愛的人，都用最大的熱情等待這一位「不速之客」的來訪。

再見苦苓，仍在機場，這位即將要去離離離島LONG STAY的人，一貫的簡單裝備令人吃驚。除了換洗衣物，背包裡裝滿了書和稿紙，還有一個折疊式檯燈——這是他自備的精神糧食，另外就是十幾包的濾掛式咖啡（每天一杯），其他就沒了，完全落實他的極簡理念，打算用最簡單的方式過最豐富的生活。

此後半年之內，苦大哥出乎我意料之外的，來了東莒五趟，每次半個月，他眞的愛上了這個島嶼情人。他熟悉了島上每一個角落，甚至爲島上的每一座涼亭取了名字，也和許多島民成了好友。爲了回饋這個島的熱情，還曾徒步全島撿拾垃圾，希望他的情人更美麗清爽，吸引更多人來一探它的魅力；每回島上一趟，就生出許多發想，希望爲東莒的永續發展盡更多心力。苦苓說，島嶼情人讓他的愛有所寄託，讓日子充滿夢與期待，讓生命發熱發光，而且是可以分享的，再多人也行。

若說東莒是苦苓的島嶼情人，那麼苦苓會不會就是東莒的天使呢？

〈緣起〉尋找島嶼情人

每個人都需要一個島嶼情人。

在喧囂擁擠的大陸（就算是小陸也罷，想像和兩千三百萬隻負鼠關在同一個籠子裡）待久了，你會變成「很多人」中的一個，一樣吃，一樣活，一樣想……人人都成了不同的大賣場裡，一模一樣的商品，唯一的差別只是你不賣——也不是不賣，也許還是會賣給上司，賣給客戶，賣給一家老小……

所以你需要一個島嶼，做你的情人。

你不一定要立刻擁有它，先有個念想就行了。反正就是個小島，四面環著海，不可能不偏僻，不可能不安靜，所以人不可能多，也不可能有什麼事好做……還有比這更理想的情人嗎？

所謂情人，不就是在一起無所事事，幹嘛都開心，什麼都不幹也開心的？

你先在心裡想這個情人，連它在哪兒也毋須弄清楚，就先想像它的樣子：淺淺的港灣，靜靜的沙灘，老老的房子，稀稀落落的人，還有必定生動活潑的自然生態——對這方面沒興趣也無妨，情人的好處就是不必樣樣都喜歡，取你要的就行。

甚至它連你想要的可能也沒有，那就想像唄。

先「認」了這個情人，你會開始不經意發現它的「倩影」——報紙上、電視上、一些人寫的書上、某些場合不經意的言談間……情人的名字令你耳目一亮，急切著想知道更多，但也不必急到去「孤狗」它，那彷彿無所不能的世界情報局檔案，哪比得上自己零零星星拾掇的片段？

有時候，情人在傳說中更美。

當然你也可以安排跟情人見面。可以熟悉它鉅細靡遺的資料後再見，然後一一印證、多半落空；也可以懵懵懂懂、幾無所

知的遇上，那就眞的每一次接觸都是驚喜。不過你得像我這樣，一步一腳印的踏過島嶼每一塊土地，就像用纖細的心，觸撫情人的每一吋肌膚。

愛不愛、到底愛多久都不要緊，情人不就是可聚可散嗎？又不是結髮夫妻。縱然聚散依依，可也知道終將分離，你還是得回到那擁擠喧囂的大陸，平庸疲累的活著……這一次不同的是，心裡有個情人可以想念。

你當然隨時可以回來（去？）看你的情人，但這隨時也不容易，有人就永遠把那島嶼封存在記憶裡了，或者絕口不提，或者常常說起，但那畢竟都是未必如煙的往事了……

曾經有過一個「舊」情人，也聊可安慰自己。

你也可能像我一樣，一次又一次去看我的島嶼情人，愛得無可自拔，愛得死皮賴臉，一開口就是「我們東莒」，明明借來的房子卻動不動叫「我家」……熟悉每一條偏僻的磯釣小徑，瞭解每個月的潮汐起落，叫得出每個小朋友的名字（他們都叫我「大師兄」，多得意！），幫每一隻貓都至少拍過一張照片，把每一個悲歡離合的故事深深藏在心裡……泉湧而出的愛，有時簡直自己也不可收拾，對情人不都是這樣？根本不管人家要不要。

我甚至願意揹起竹簍、拿著夾子，把島上每一個撿得走的廢棄物，都收拾乾淨，那些散落在草叢、土堆中的瓶罐、菸盒，雖然很少，卻是情人眼中容不下的砂子。「砂子」當然還會再來，那我就再撿，愛一個人（地方），不就是不論它的好壞都愛？不爲別的，只爲我自己。

情人總在那兒的，情人你總可以去看視的，而你的島嶼情人最大的不同，也是最大的好處——不會拒絕你。

可你去哪找情人呢？哪來的緣分呢？說的也是。我和東莒的結緣就很難想像。多年前我慕名來到馬祖，從東引到北竿到南竿，是滿喜歡的，雖然只有短短幾天，回去後也寫了「去希臘，先去馬祖」的長文（我可不會隨隨便便就把臺灣一個地方給比做亞馬遜雨林或聖托里尼，然後來個「去○○不用去○○」的魯莽口號），好像在我的舊部落格裡還能找到，也有讀者說看了會想來馬祖。

但我當時沒到東莒，只「聽說」有東莒這個地方，不知怎麼就在心裡發了芽，心心念念「我有一天要去東莒，而且要去很多、很多天」。

但一直沒機會去呀，除了知道有個東犬燈塔、大埔聚落和船老大民宿，我就這樣一無所知的眷戀著東莒，直到去年應邀到馬祖演講。

為了我八年來第一本新書《苦苓與瓦幸的魔法森林》去的，當然是為了打書，一問之下馬祖竟沒有書店買得到此書，好吧！那我就自掏腰包（其實是主辦單位放在我腰包裡的演講費啦！）買一百本送給聽講者吧！

那時候接待我的是文化局的曉雲，我隨口說想去東莒，她說正想找人去東莒長住呢！天啊，怎麼有這般好事？這叫「自投羅網」還是「甕中捉鱉」呢？不不，這就是「天作之合」——世間的偶然，命運的必然。

遇上情人不都是這麼意外、這麼充滿驚喜嗎？《馬祖日報》的冰芳說我前世有可能是東莒人，這好像是我自己在說大話，但「緣定三生」這句話又似乎不假，反正我夙願已償——終於，有了東莒這個美麗的島嶼情人。

那為什麼你還沒有去找一個島嶼情人呢？讓你的愛有所寄託，讓你的日子充滿夢與期待。讓你的生命發熱發光，讓一個你原本完全陌生的地方，內化成心靈的主要成分。

來東莒吧！來愛我的島嶼情人吧！拿島嶼做情人還有一個最讚——不須獨占，可以分享，再多人也行。

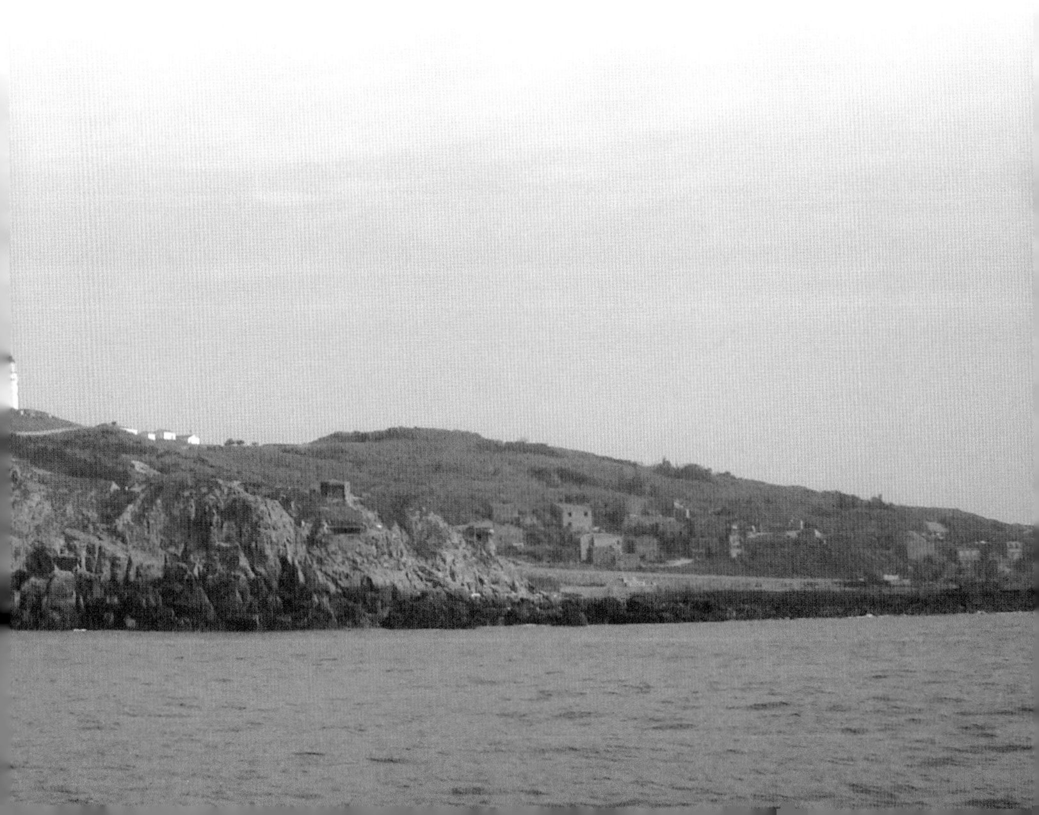

一個人，住一間房子

我與世隔絕，
不知道這世界發生了什麼事，也不想知道。
夜裡燈塔的光柱在上空沉穩移動，
海面上忽明忽滅的點點漁火，
滿天隱約的星辰由起而落……

我在東莒住的房子是福正村四十三號。

東莒一共有三個村，主要的聚落是大坪村，民宿、餐廳和商店都在這邊，也沒有多少人。整個東莒居民不到兩百人，你可以想像一下這裡的安靜與寂寥。

另一個大埔村則完全沒有人住了，有些房子用來養雞養鴨，貓也有幾隻。我在這裡的其中一項「工作」就是幫所有的貓拍照，但牠們的花色都近似，也許來自同一個老祖宗，很難分辨。

人就好認多了，誰都是誰的親戚，有一天我或許能寫出東莒的人物世系表，一島人都是一家人，多好。

還有一個福正村就是我住的地方，雖然看起來有二、三十家民房，但一半是空屋、一半在整建，如果以晚上窗口的燈光來看，居民不到三、五家。

我只知道鄭嘉誼（東莒國小六年級生）和媽媽住這裡，前幾天終於碰到她們母女了。她已經和媽媽說了好幾天：島上出現一個和王建華校長（他們的前校長）長得很像的人，每天在那裡走來走去。

她媽媽說「果然很像」，看她穿著一身營建工人服裝，應該是在幫忙蓋新屋的：政府有補助，讓居民整建老房子，但一定要石牆瓦頂木門窗，大家各顯神通，總

比看著自己的祖厝變成廢墟好，也比改成可怕的磁磚透天厝好。

我住的是五三阿婆的店，五三是以前這裡阿兵哥基地的編號，那時兵多，阿婆

開了店供他們吃，只有三樣菜：水餃、章魚、炒花蛤，但聽說口味都很好哦！

我是沒機會嘗到了。本來前面一間五三阿婆的家也可以借住，離海更近，但我現住這間從陽臺（很大的陽臺，半間房子大吧）看出去，先是一個老房子的二合院，之後才是海，再之後是一個長得像犀牛的島。層次更豐富，我就選了這一家。

這樣說好像故意讓人羨慕，但每天早上起來對著無敵海景喝咖啡吃早餐，不管來了第幾天，我都覺得像是做夢。

我是沒有左鄰右舍的，放眼望去不見人煙，當然更不聞人聲，唯一的例外，是一早起來看見一個穿得很辣的正妹，正對著「我的」房子拍照呢！

那當然是遊客，而且看起來是日本人，她會羨慕我是唯一住在這裡的「外人」，或以爲我根本就是本地人呢？

反正我一直沒有鄰居，也就是我每天早上九、十或十一點（視我睡到何時自然醒而定）出門以及每天晚上七、八或九點回到這裡（視當晚有無觀星、賞螢、夜話等活動而定），我是沒有任何人可以講話的。眞好。

我住的地方沒有報紙沒有電視，沒有電腦，也沒有智能手機，基本上是與世隔絕的，我根本不知道臺灣、中國或這個世界發生了什麼事，我也不想知道。

你知道什麼都不知道有多開心嗎？

我只知道自己在一個叫東莒的小島上，其實也不是很清楚它在世界的什麼角落。失去了空間感，也失去了時間感，我不知道每一天是幾月幾日星期幾，只能從我每天要吃一顆的藥，算出我這一次在島上還有幾天可住。

我住的房子是兩層樓，因爲很久沒人住了，所以一樓客廳的木桌板凳是疊起來的，有一個架子放一大堆工具雜品，還有一個滿新的冰箱，可能怕關了門會壞掉或怎樣，所以沒插電，開著上下門，很有點英雄無用武之地的站在客廳裡。

「你到底裝過東西沒有呢？」我很想問它。

裡面就是廚房，傳統砌磁磚的流理臺，地面也是磁磚，牆也是，吹南風的時候會反潮，全部溼溼的，甚至比剛洗過澡的浴室還溼。

好在對我而言，有一個瓦斯爐可以煮開水就夠了，有熱水、有馬桶，夫復何求？完全的一個心滿意足。

上二樓開始有鋪木板，就是最普通的那種杉木，而且沒有上漆，看起來灰撲撲的，走起來也是，可能海邊風沙也大吧？勤勞時，我會擦擦地板——但我當然很少勤勞。

外屋有一張大床，蓋著布，沒有在用。

裡屋有一張小床，說是床，其實就是角鋼釘的架子鋪上木板，各隻腳還不一樣長，有的還得在底下墊東西。好在我不重，擺上床墊，放上枕頭棉被，很好睡耶。

而且還有一個角鋼做的雙層小架子（東莒人超厲害──還是超苦命？什麼都會做，都自己做），擺一些我的用品，牆上一根大鐵桿，吊一排掛勾，可以掛我的「全部」連內、外共六件衣褲……咦？就好像什麼也不缺了。

屋裡原來是有一排櫥櫃的，但放著主人的物品，鎖著。上面一臺古老的小電視機，小心的用紙箱罩住三面，螢幕的一面用有蕾絲的布蓋著……既然蓋著就不要掀開吧，反正不看電視又不是不能活。

對有些人或許是吧，我卻寧願用來發呆，聽外面一波又一波的海潮聲，聽音樂、看書、寫字，或不寫字，閉上眼睛複習今天看到的每一個美景，回想相遇的每一張容顏……我其實並沒有和世界隔絕，我只是到了一個美麗小世界。

哦，還有，這房子的窗不多，都很小，因爲東莒風大，自古以來窗子就小，據說還有防盜功能。我住的這間可能因爲太久沒人住，木窗全都封死了，我也懶得（其實是沒能力）打開，在屋裡時只要打開樓上下前後門，其實通風就很好，有

時還太涼呢！

木門還是那種傳統門閂的，不過沒有臺灣老房子還左右對稱那麼講究，就一小塊撥下來，可以卡住門就行。我在時是從不關門的，只關紗門，用鐵絲勾住免得被風吹開。出去時把木門關上，掛上鎖頭，當然不鎖，掛鎖頭只爲了關住門而已。然後關上紗門，再用兩個磚頭擋住紗門，也是——你答對了，免得被風吹開。

完全不設防的房子，完全不設防的心，來到這彷如世界邊緣的地方，還有什麼好防的？**OPEN YOUR MIND, OPEN YOUR HEART**，而且就因此，**OPEN YOUR WORLD**。

偶爾夜裡會走出陽臺，看一整個島嶼暈黃的路燈連成一線，看燈塔的光柱在上空沉穩的移動，看海面上忽明忽滅的點點漁火，看滿天隱約的星辰由起而落……爲什麼我會在這裡？爲什麼我如此安適自在？這眞是一段不可思議的海島奇緣呀！

我家在福正村四十三號，歡迎有空來坐。

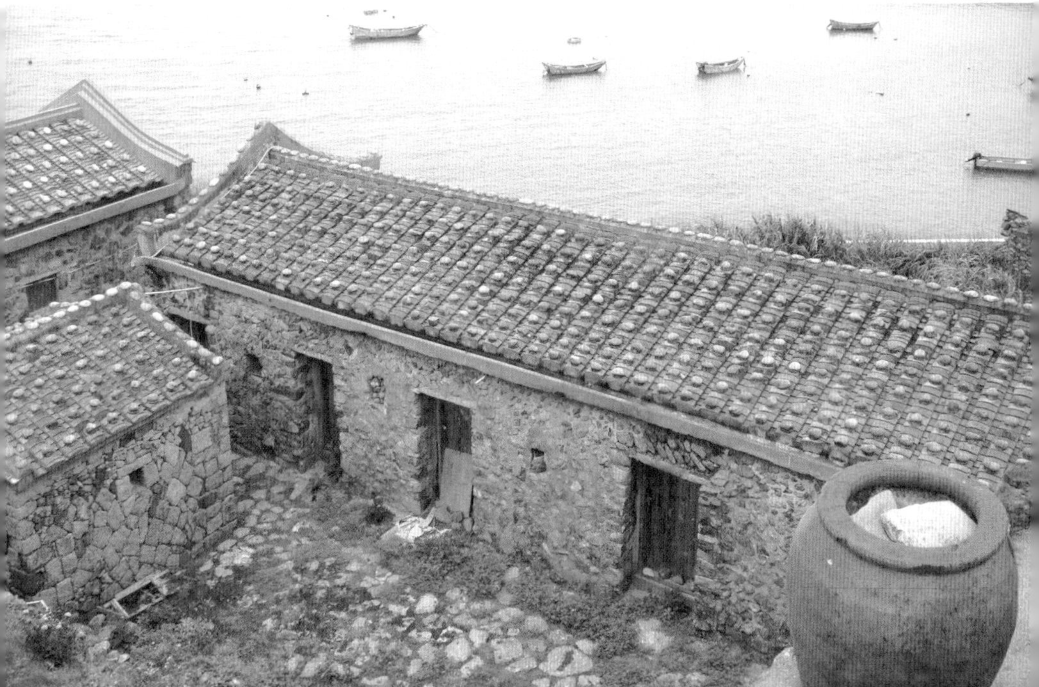

我在福正村 43 號的窩

遊玩上福正

人文與自然充分結合的美好觀感，
不可遏抑的散發開來，
感染了四周流動的空氣，
讓人感覺一個古老幾近沒落的村子，
似乎又有活力一點點的正在萌芽……

東莒的每一條漫遊路線，都由大約位在島中心的莒光遊客中心出發，剛好成爲輻射狀的N條環型路線。

強烈建議你用徒步，否則以區區二．六平方公里的小島，騎機動車匆匆行過、短暫的停留，你只能看到點而不是線，更遑論結合成「面」了，入寶山又豈能空「眼」而回？

遊客中心出來往左走，會看見猛沃安檢所，由此右轉往燈塔方向（有路標），上坡有點累，可駐足欣賞旁邊的菜園，看居民自己搭建的圍牆，上面有門、有窗框、有木片、有椅子……充分利用廢物，也說明了孤島上資源的缺乏，一丁點物資都不能浪費。

也許你沒有注意到，島上還有資源回收車，每天巡迴全島廣播，只是時間不長（地方太小了！）；路邊也都有資源回收桶，請遊客（當然不是你）別再亂丟垃圾了。

喘一口氣，左邊的路通向福正村（也有路標），走到路上看見右邊第一間建築時，今天第一個目標福正村（嚴格說是「上福正」）就到了。

但是不好意思，你看見的第一棟建築就是荒煙蔓草中的廢墟，完全爬滿了藤蔓。

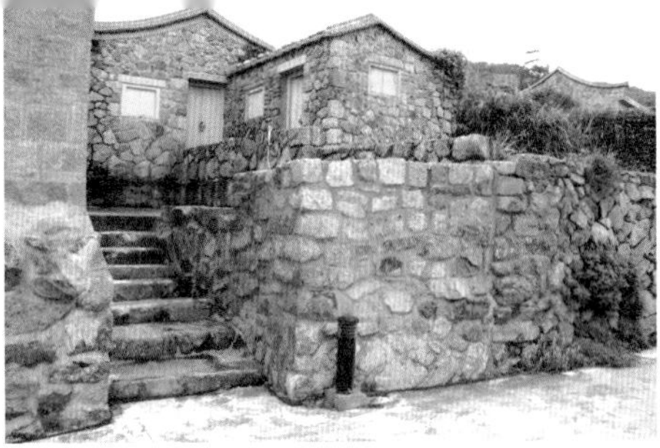

其實剛才菜園邊也有一棟，只是那一棟是被枝蔓完全覆蓋、看不出屋型；這一棟則是藤蔓很講究的修飾著石牆，客觀的說，還滿好看的。

主人聽了不免傷心，我們期盼它早日重建吧！而屆時新屋也能留一點給蔓藤攀爬的空間，爲灰撲撲的石牆多加點綠意。感覺春天並沒有遺棄這個，被人們忘記的角落。

右邊下一間完整、有人居住的房子，則在木門窗中漆了藍色，這在全島幾乎都是原木門窗的石屋中，算是獨樹一幟，但我也不能說這就是流行的所謂希臘風情——不是加上了藍白就成了希臘，正如不是畫了唇膏眼影就是林志玲。

也就是主人想有點不同吧，免得每一戶都是表情統一，免得孩子從海邊戲耍回來，連自己家都找不著（如果還有孩子……）。

再下一戶則裝上白色迴紋針狀的鐵窗，島上治安超好，小偷若能勤勞到翻洋過海來此行竊，應該也夠勤勞到去找正當工作了。我想它和前一棟相同心思，就是想特別。

但先別急著往前。廢墟前有一條石板小徑蜿蜒而下，我碰到這種很有味道、又不知所終的路，不論在世上何處都沒有抵抗力，何況於此？

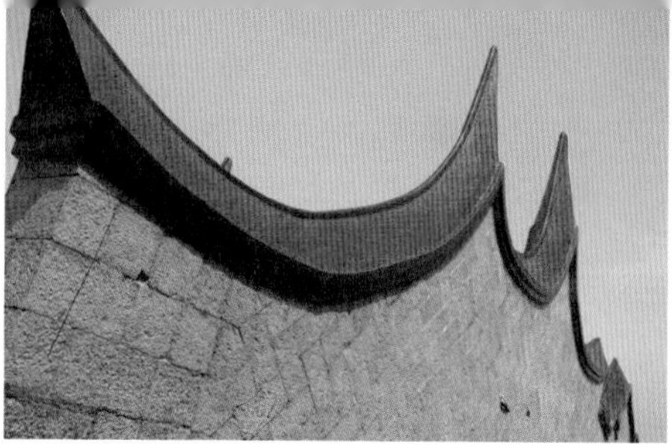

小路邊和廢墟強烈對照的，則是一棟兩種石材的嶄新房屋，一邊二層一邊單層，還有小小院落，在這小漁村裡儼然是大戶人家了，也帶來一些欣欣向榮的氣息。

一邊往下走，一邊當然別忘了遠眺風景：月牙般的福正沙灘在眼前展開，潮水正玩弄著柔細的砂子，白馬尊王廟火燒一般的屋頂，在長長的堤防後面最是顯眼，擺明了就是個盡職守護居民的神祇。

石階盡處，右邊是一樣雙併、二樓有木製陽臺的房子，這是鼎鼎大名的五三阿婆家：因爲附近有五三基地，阿婆在這裡開店供應他們飲食，遂被暱稱「五三阿婆」。站在門前，可以想見這些異鄉客藉著小小吃喝、一慰鄉愁的情景，而阿婆則親切的呵呵笑著，張著缺了一顆牙的嘴巴……這些都是我文人多情的想像吧？還沒見過阿婆本人呢，雖然我就借住在對面的，五三阿婆的店。

這個屋前有小廣場（因山坡地勢，也可說是露臺），放著圓形的石桌石椅，除了前述的沙灘與下福正聚落，還可以遠眺犀牛嶼、永留嶼」和後面的西莒，甚至天青時可見再後面的福建長樂，這就是一般人說的「無敵海景」，我偶爾也來吃早餐的地方。

由此再往下，就到了田將軍廟，這是座不知名（一般人不知是神名）的小廟，它的封火山牆不像白馬尊王廟那麼火紅，而是偏橘色的，低調些，畢竟供奉的只是由人轉化的神，而且是當地人哦！「祭如在，祭神如神在」，沒有特別信仰的我，在東莒則逢廟必拜，求我在此一切平安，祈我還能再來。

在廟前就可清楚看見福正港的堤防了，裡面淺海處停著幾艘小漁船，晃呀晃的，像一群因爲下雨不能出去玩的孩子，似乎總是躍躍欲試呢，再重的錨也繫不住的。

再走回五三阿婆的家，旁邊有一小小空地，應是迴車之用，也成了小型停車場，偶有一兩輛施工建屋的車停在這裡，再往前去，就沒有民家了。而唯一有「亭仔腳」（騎樓）的五三阿婆的店（即我住的福正四十三號），則自然形成了附近工人、漁民的機車停放處，使得我每次回家，都要穿梭在機車之間，好在大門從來沒被堵住過。

我的（不好意思，我借的）房子特別，除了有簷廊，更因爲有極大露臺，前面所述的美景，在此一覽無遺，我把這兒叫做「哇陽臺」——因爲每個人初開二樓房門，反應都只有一種，就是張口結舌的「哇！」

我的房子隔著馬路過去，是順著山坡下凹的，一個很特別的二合院，右側的一條龍共有五個木門，正前方一進，但兩者中又夾了一間用途不明的小屋，最具特色的是它對外的一面牆，用大小不一、色彩各異的石頭砌成，本身就是一優美的藝術品，像一幅名家畫作般讓人百看不厭。

雖然近在我家對面，我每次看見又都忍不住拿起相機，總也抓不住那無言的永恆之美。

但也不能流連太久，還有許多地方未去呢，雖說是漫遊，如我這般散漫的畢竟不多。走出我家門口，才赫然發現一面臨路，三面都是廢墟，「不會有點……可怖嗎？」

「不會啊，好處是確定不會有人吵我。」其實這些傾圮的樑柱磚瓦也很有可看，看老房子的結構建材，看爐灶廁浴的舊痕，看大自然如何一步步收回人工……我常看得津津有味，不知背後日已遲遲。

我的左手邊（即一開始那座廢墟、藍白窗再

過來之處），有一間正興建中的新屋，另一家則有一個特別的、大小兩扇重疊的木門，可以開大門而關小門，換言之成了一扇「上空」的門。所爲何來？上空可通風，下面關上則可防止雞鴨甚至狗兒進入，也是先人的巧思呢！

如果是牛頓大概就會在門上另外挖一個洞讓動物進出[2]，阿婆若聽說，一定會笑那個姓「牛」的沒有智慧吧！

在新屋和雙門屋中間，又有一條「致命吸引力」的石板路蜿蜒而上，左邊正可以從屋頂俯看廢屋的另一角度；正面則有剛竣工、未裝門窗的新屋擋道，空著的窗口好像張著的嘴巴，不知想訴說些什麼；右邊的岔路上有幾戶人家，是有晾衣物、有用品散置，明確有「生活感」的人家。

這條路迷人之處，就在它曲曲折折的盡頭，一座白色巨大的燈塔在那兒靜靜佇立，魅惑著迷路的遊子……

但你若不爲所惑，或被左邊一大片少見的、鮮豔的紅瓦屋頂所吸引，就會由此左轉，看見右手邊小小一塊菜地，且有逕流潺潺而出，說明了東莒島的水源豐沛，不同於其他島嶼常有苦旱。而左邊一旁連棟屋（之前多是獨棟、最多雙併），是全福正村我最羨慕的人家。

倒不是他家有多豪華講究，普通門戶而已，但門前一大塊空地，主人自己搭建了一個小小涼亭——耶，個人獨有的涼亭耶！對迷戀涼亭成癡的我而言，這簡直形同把珠寶箱丟在海盜面前。

更何況他還在四周牆上，砌了大大小小不同色澤、質感的許多老甕，人文與自然充分結合的美好觀感，就這樣不可遏抑的散發開來，感染了四周流動的空氣，讓人感覺一個古老幾近沒落的村子，似乎又有活力一點點的正在萌芽……

不知不覺，沿著屋邊小徑，一邊欣喜的看到最有朝氣的紅色屋頂，一邊順著亂石堆砌的牆邊走到盡頭……咦？這裡好生眼熟，兩根石柱，一片矮牆，廊簷下停著幾輛機車——這不又走回我的房子來了？怎麼，「鬼打牆」呀？

其實這是當年爲了抵禦海賊，故意沿著山坡，錯綜曲折的蓋了房子。賊寇來時左突右繞，根本搞不清東南西北，有時連出路、來路都摸不著，心中一慌，還是先撤再說……村民們或許就這樣保住了身家性命。昔日的驚險，在今天反而成了遊客們連聲訝異的興味。

至於燈塔，還是好端端的，站在小路遠遠的那一頭呢！

用門、窗框、木片、椅子等廢棄物堆疊出來的菜園

上空門

1.根據馬祖國家風景區官網，犀牛嶼是東莒最著名的潮間帶，因島形狀似犀牛而得名。退潮時會與本島接合，形成「陸連島」景觀。因為剛好是淡水和海水交界，島礁又多為岩石構成，也成為釣客們心中嚮往的東莒絕佳釣場。永留嶼則是東莒北方一座小島，當地的漁民亦稱之為「漁澳」。

2.據傳牛頓養了一隻大狗、一隻小狗，為了讓牠們能自由進出房子，便在牆上挖了一大一小兩個洞。旁人問他，便回答：「大洞給大狗走，小洞給小狗走」，卻沒想到小狗也可以走大洞。此故事流傳至今，經常被人拿來暗指「聰明人做蠢事」。

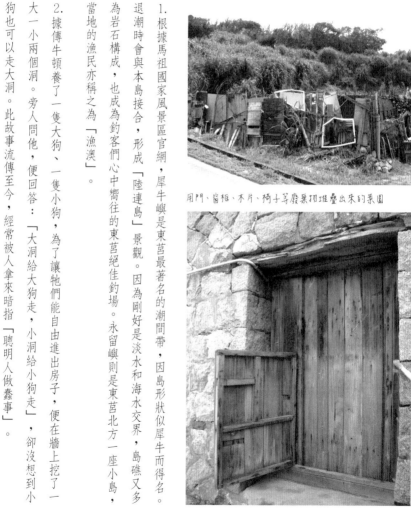

走路，一直在走路

島上美景習慣「偷襲」，
一個轉角，一個回眸，就會赫然發現一個驚豔，
讓人呆坐良久，如夢似幻。
想真正愛上一個地方，
就從一步、一步走近它、走遍它開始。

走在東莒的路上，總有熱情的當地朋友會停下轎車、貨車或機車問我：「走路呀？要不要載你一段？」

我的回答永遠是：「是啊！」「不用，謝謝。」

走路可以觀察。不走路，怎麼看見草叢中幽靈般竄過的貓；不走路，怎麼巧遇一大群跳著過馬路的小蛤蟆；不走路，怎麼目睹大白鷺在水邊振翅飛起；不走路，怎麼看見一隻名叫「拿鐵」（就是根據顏色取的名字）的山羊坐在屋頂上——眞的坐在屋頂上，還對著我「咩咩」的叫。

不走路，怎麼停下來聞海桐淡雅的香味；不走路，怎麼偷摘宜梧的紅透果子吃；不走路，怎麼看滿山坡豔紫的南國薊刺傷眼睛；不走路，怎麼發現第一朵黃黃、圓圓的相思花已在樹上綻放，預告著春天確確實實已經到了。

我住在人煙稀少的福正聚落，每天早上信步出走，或在老屋群的石板路上繞來繞去，有時一不小心又繞回自己住家門口；或者就直上燈塔，俯看古樸的村落和半月形的海灣；要不就走上另一條環海戰備道，看看此刻的犀牛嶼是孤懸海上，或是已經以潮間帶和本島相連；即使是平坦筆直的中央大道，也有路旁靶場和崗哨的遺跡，散發著彷彿繚繞的硝煙味；還可以從右道轉進舊路，遙想當年島民辛

苦翻山越丘的路徑……走路眞是樂趣無窮。

而這樣走到島嶼中心的大坪聚落，就是有餐廳、民宿，以及兩條「繁華」購物街的「熱鬧」市區，也不過區區一公里，亦即一千公尺，亦即國小操場跑兩圈半的距離而已。

每次最多兩圈半。三個主要的村子大坪、福正和大埔大致成三角形，從哪一個走到哪一個都差不多遠，都是平坦大路，有一點「丘陵」級的高低起伏，但又不至於太累——有點累的時候已到高點，一路下坡就到目的地了。

每條大路上又有許多小小岔路，多半湮沒在荒煙蔓草中，讓人忍不住一窺究竟。有時是荒廢的崗哨，生鏽的拒馬虛張聲勢；有時是菜園，掩藏在一堆廢棄材料建成的圍牆內；有時是猝不及防的驚喜，嶙峋的岩石間躲著一個平靜的小海灣，沙地上散落各色碎石和玻璃，在陽光下七彩生輝，像這樣的「七彩小沙灘」是走路途中最大的鼓舞，催促你急著去探索下一個未知。

已知的景點是預料中的美，未知的邂逅卻是僥倖拾獲的美，在美中行走，腳怎會痠？人豈會累？

何況還有更多無車的人行步道，更幽靜，更清淨，也更能自在踏步。東洋山步道讓你在斷崖峭壁上驚見「驚濤裂岸，捲起千堆雪」；魚路古道讓你一路印證先民篳路藍縷的販魚生涯；往懷古亭的路上，夕陽在枝葉的光彩間與你嬉戲；而由燈塔往砲臺的小徑，則讓人彷彿見到昔日千帆過盡、如今獨留釣客的情景……每一步，都因雀躍的心而更加輕盈。

神祕小海灘

經過一整日的四處漫遊，我回到「市區」，用完一天中唯一正式的一餐（正式者，有飯有菜有湯也，其他時間爲了走路，吃的是麵包餅乾水果，有時也會加一兩粒糖果）後，就又揹起行囊，再走一公里路回去我一人蟄居的福正聚落。

每晚都是一個人，從來也只有我一個人，既無同向路人，也無相遇對象。一個人走在又寬又直的水泥路上，天地悠悠，不知今夕何夕，明亮的路燈一路照耀我的前程，寥落的星辰在夜空中靜靜看著我，蛙兒忘情的鳴叫，夜風輕拂我略已疲憊的臉龐……即使村子裡極少幾盞亮燈的窗，也未傳出一點人聲。

只有寂靜等著我。

而走路也是唯一可以同時從事思考的運動，雙腳自己跟著鞋子前行——反正它們都知道我今晚的家，腦中卻不斷重播今天邂逅的美好畫面：這裡若有一個休憩涼亭多好，這條小徑是否能通往懸崖，這叢廢墟中盛開的黃花叫什麼名字呢，明天是不是可以繞過那座山丘去看看，會不會有什麼絕色美景「偷襲」我……

這座島上的美景習慣「偷襲」，一個轉角，一個回眸，就會赫然發現一個驚豔，一句「哇——」的長長驚嘆，然後呆坐良久，如夢似幻。常常就失去了時空感，現在是何年何月呢？我又在世界的哪個角落呢？就好像偶爾睡得深熟，醒來一時竟不知身在何處似的，「夢裡不知身是客，一晌貪歡」[1]。

而這一切的美好，都是在走路中得到。

我們太習慣快速轉移的交通工具了，非但是匆匆一瞥，也無法隨時停駐，更奢談深入。世上如果沒有只看一眼就會愛上的美女，也就不會有到此路過就會激賞的美景。未及細看，切勿論斷，如果想眞正的愛上一個地方，就請你從一步、一步的走近它、走遍它開始。

在東莒的路上，如果你看到馬路、步道，小徑或是「大街」上，一個揹著背包、身軀瘦小、腳步緩慢，卻像蝸牛般走呀走個不停的人，不要懷疑，那就是我。

1. 語出南唐後主李煜〈浪淘沙〉：「簾外雨潺潺，春意闌珊，羅衾不耐五更寒。夢裡不知身是客，一晌貪歡。獨自莫憑欄，無限江山，別時容易見時難。流水落花春去也，天上人間。」此詩描寫李煜對故國的思念之情。

環島拾荒紀

還有誰會把垃圾丟在自家廳堂呢？
只有那種「反正我不會再來了」的過客吧。
到了一個很美的地方，
讚嘆一番，
再隨手丟些垃圾把它弄醜，
真不懂這是什麼心態？

來到東莒的第十天，也是我將第一次離開（我還會來很多次，我希望是很多很多次）的前一天，春寒料峭，但一夜的風狂雨暴已息，我揹起背包，右手帶著工作手套，左手持一個粉紅色大塑膠袋，開始撿拾。

我在世界上別的地方看過一些島嶼被「垃圾」滅亡，隨風飄散、半掩土中或高掛枝頭、只會變多不會減少的塑膠袋完全融入環境，變成人民生活的一部分，像漫山遍野的灰色花朵，人們若無其事的在其間食衣住行，直到哪一天——也許還很久吧，但必定會有那一天的——那些塑膠袋、寶特瓶、保麗龍將他們的世界全部掩埋。

還有怵目驚心的垃圾場，堆滿毀棄的汽車、機械、家電、建材。孤懸在海中的島嶼，所有東西都是千辛萬苦、所費不貲運來的，已經壞了、沒用的，當然毋需耗費財力將之運走，就堆著吧，堆成一座山，反正大多數的島也沒有山。

這山一直長大、一直擴散……直到有一天，變成一個龐然怪物，大到足以一口吞掉這個島——畢竟大多數的島嶼面積有限。海平面上升已搶占不少了，遠道而來的垃圾山又越來越大，內憂外患，彷彿島嶼四周的海洋都在哭泣。

「撿就撿，講那麼多！」我自己罵了自己一句，開始動身，沿著島上每一條主要道路（這時才知道東莒「小」得恰到好處），太大的如廢棄建材類我當然搬不動，如果是木頭、落葉、斷枝這些有機物也不必搭理，反正它們終將回到大地母親的懷抱。

我要處理的是無機物，是塑化物，是毒物，是那些已經死了而且永遠不會再死的「垃圾」……比起臺灣許多地方，量並不多，但因爲島上人煙稀少，很多沒辦法「自掃門前雪」的路邊空地，還是有些刺眼的、不自然的東西。

說也奇怪，它們連顏色、連形狀都不自然。

在福正繞一圈撿了一袋，福正到大坪又一袋（因是中央大道，稍小袋些），大坪經大埔回到福正更大袋，差點撐破了袋子，發出「支支吾吾」的聲音，好像垃圾們在抗議：袋裡面太擁擠了，不如放他們在野外自然呼吸。

我慢慢走慢慢撿，慢慢從拾得物中，窺視一部分島民的生活。撿得很多的是壓扁的空啤酒罐，還有香菸盒，跟四處散落的菸頭。大部分是離鄉背井的營建工人吧，白天辛勤勞動，心情苦悶，在這裡又無親無故，只能相聚喝點酒、抽抽菸……自然不會特意找垃圾桶，也不可能帶回自己宿舍，那就，就任憑它們到處棄置囉。

其實島上不但有垃圾掩埋場，還有資源回收車，我每次聽到資源回收的廣播，都有一股莫名的感動——文明從來沒有忽視這個偏遠的角落，只是某些人並非從文明之地前來。

菸頭又分兩種，一種是聚落狀的，明顯是群眾造成；一種則散落路邊各處，那就是從機車、卡車上揮指一彈的落點了，想像中幾乎可以看到：黑夜中倏地射出的一點星火，短暫的吞雲吐霧，也暫時紓解了壓力與憂愁。

另外就是各種飲料瓶，和裝零食的袋子，這個「嫌犯」就以觀光客爲主了，邊走邊吃，吃完就丟……還有誰會把垃圾丟在自家廳堂呢？只有那種「反正我不會再來了」的過客吧。到了一個很美的地方，讚嘆一番，再隨手丟些垃圾把它弄醜，眞不懂這是什麼心態？

偏偏有些人又有羞恥心，如果一點也不在意、大大方方丟在路旁也就罷了，至少看得見、容易撿；卻又要遮遮掩掩，丟在不太顯眼之處，所以草叢裡、水溝中特別多，如果有機會眞想叫住一個：「喂，很難撿耶，可不可以丟外面一點？」

結論是：有一半的羞恥心，還不如完全無恥。

另外一種則情有可原。可能是居民種菜吧，用麻袋包土育苗，後來栽植未成，

只剩零碎袋子半埋土中，這我撿得心平氣和，就像一些斷繩、幾片紙箱……生活的痕跡總會留下，時光清除不掉的就由我來。

還有就是棉質的工作手套，就和我手上那隻一樣，數量還眞不少，大多埋在土中，可能工作一半手套溼了、髒了，於是就地拋棄，可惜拋不掉好像永遠做不完的工作，以及如榕樹觸鬚般蔓延的煩惱。

我的最大收穫，一是淨心，二是健身。

因爲一心一意觀察目標，心裡完全沒有什麼雜念，唯一的煩惱就是有的垃圾很難撿，如有欣喜則是因爲發現漏網之「餘」……哪有功夫胡思亂想？

多年來想學靜坐始終不成，腦中亂亂紛紛如走馬燈，沒想到專心撿拾卻有類似效果，如果說我斗膽就用這種方式修行，不知有德之士會不會罵我太不像樣？

健身則是一定OK的，除了腳走路，手負重，還要不斷的彎腰……未曾細算，但一天下來走了三、五公里，彎腰撿拾也不下幾百次吧，可爲什麼一點都不覺得痠痛呢？也許是爲別人彎腰容易、爲自己彎腰困難？

偶爾會有機車呼嘯而過，忽然慢下來，一隻溫暖大手拍在肩上：「辛苦了。」「沒有，沒有啦。」不知怎地，我竟好像小孩做壞事被逮到那樣赧然。

工地旁或人家門口我是不去撿的，那太有爲難別人的意思了，好在大家都忙也沒什麼人多留意我，即使看到，也會以爲是什麼就業輔導方案的臨時工吧！

倒是往大埔路上，有一男子也手提一袋，另一手則握鐮刀，可能是在採集草藥的。遠遠看見我，或許以爲是「同行」，還匆匆加快腳步，害我只好放慢速度，等他在老屋的轉角不見了，才放心的繼續撿拾……

也巧遇了「找茶」的女主人冰芬，笑盈盈的要我把半滿的袋子拿到她家去丟，但我這一段落還沒完成呢，只好客氣婉拒，她更客氣的要請我喝茶——我這一身狼狽可不敢到她亮麗優雅的店，還是改天吧！

環島大半圈，撿完三大袋，回來收到島上朋友的簡訊：「有人說看到一位四十歲左右的人在俯拾垃圾，親力親爲在愛東莒，在體驗荒島生活，知道原來是你，讓他很感動……」

年近六十的老翁被當作四十左右，這該是今天最大的獎賞吧！不過我還是回訊給她：「不瞞你說，其實我的靈魂已經一百多歲了。」

這樣，這樣的想念

不管是倭寇或「共匪」，
誰也沒能留下或帶走些什麼，
海自它的海，島自它的島。
住過五百多個城市，到過六十幾個國家，
而我現在唯一想念的，是東莒。

我想念東莒。

只去過東莒一次，回來之後半個多月，我一直在想念東莒。

不是那種「已經不會再去了」的想念，而是「再過幾天就要回去了」。是的，回去，就像遊子返鄉的那種想念，我也不知道爲什麼會這樣。

我想念黃昏散步時，看見王校長的媽媽，一個人走過前面的情景，歲月在她臉上留下痕跡，卻抹不去她曾有的美麗，她總叨念著：「我兒子比苦苓你小十二歲，爲什麼看來卻一般年紀……唉，他太瘦了，爲這個島、爲孩子們，總是那麼辛苦……」慈母的光輝，和黃昏的夕照一起出現在她臉上。

我想念走過馬路，旁邊的沙地上，就是王品媛（東莒國小六年級女生）媽媽的菜園。她戴著斗笠蹲在地上，像照顧孩子般，照顧她的西瓜、花生、豌豆還有草莓，她會露出謙和的笑容，順手摘幾個紅紅的草莓給我。帶著沙，我洗也不洗，一口吃下，心裡奇怪爲什麼鹹鹹的土地，可以養出甜甜的果子，像孩子們的笑容一樣甜……

我想念船老大帶我出海，在峻峭的礁岩與洶湧的波濤間，他像玩耍般的甩出釣線，好像不太專心的放著釣竿，不一會兒卻釣上了一條活蹦亂跳的鱸魚，我舉起相機，他捧起魚兒，露出有酒窩的、男子漢的笑容。

我想念王大哥，大嗓門、大手掌、大口喝酒。那聲音，證明了東莒人「聊天像吵架」的傳說；那手掌，大得彷彿戴了一個大手套，述說著漁人的艱辛與奮鬥；喝起酒來，眞正的不醉不休，「生平沒有酒，可以活著離開我」，這不知是誰的大話，但眞的印證在王大哥身上，多麼豪邁激情的海上男兒啊！

我想念派出所的勇哥，總是文文的笑著，不時爆一個冷笑話。每天在島上走路（和我同一嗜好！），東看西看，試種各種植物，試做各種菜餚，試著「忙碌」的度過「悠閒」的日子，而且似也毫不費力的，勝任他警察的天職。所有害怕待在島上太無聊的人，都該先來找他受訓。

我也想念陳宣蓉（同爲東莒國小六年級女生，以下均簡稱小師妹）媽媽的手藝，小小的餐廳卻有多種口味，滿足了懷鄉的阿兵哥、飢腸轆轆的遊客、偶爾偷閒的島民，還有我這種異鄉遊子的需求。撲鼻的菜餚香裡，我看見一個勤奮的媽媽如何拉拔女兒成長。還有，說實話，我想念她的臭豆腐。

我想念我的福正村四十三號小屋，原本完全陌生的老房、空屋，我如今卻可以在心中一一描繪它每個角落，我想念它提供給我的舒適安逸，以及每天一開門就可以看見的無敵海景。在一間間或嶄新、或陳舊、或已傾頹的石屋包圍中，我感覺到前所未有的安心，勝過我在這世上住過的，任何一家豪華旅館。只因爲，它更像個家。

我想念從我的居處，就可以蜿蜒而到的燈塔，想它的風華歲月，百年來屹立不搖，守候著每一個航海人的夢想，而遍地的豔紫南國薊喧囂著，預告著濃霧將散，明豔的碧海藍天佐以白雲，即將隆重上演。

我也想念我屋前不遠的沙灘，在紅牆似火的白馬尊王廟守護下，細細的沙子輕柔觸撫腳趾，潮水一波波來、一波波退去，而蛤蚌們則在其中悄悄

蟄伏，等待著某一家大小的來臨、竊竊私語進而努力挖掘……每一次的預測、行動、得手或落空，都是一個接一個的驚喜，就像翻飛在礁石間的，一個又一個浪頭。

我還想念那遙遠（所謂遙遠，距離或許不到一公里，但遠的是時間，它的繁華歲月，幾已在百年之前）的大埔部落，那先民們一步步走過、挑魚販賣的古道，那遠眺懸崖與孤島的涼亭，有永遠吹不盡的風，永遠在心中不斷上演的，一個昔日熱鬧小漁港的如夢情景……

想得更遠些，就想到大埔石刻那兒去了。一路經過肅殺的堡壘崗哨，在「氣壯山河」之後，果然到了「生擒海賊數十名」的古戰場，無法想像這裡曾經滿是硝煙，不管是倭寇或「共匪」，誰也沒能留下或帶走些什麼，海自它的海，島自它的島。

我也想那一個個廢棄了的軍事基地，戰士走了，大自然來了，花草樹藤又占領了建築，蟲鳴鳥叫也代替了槍砲，那殺伐已經遠了，亮黃的小花肆無忌憚的開在斑駁的砲口，和平的春風吹過，讓新綻的綠葉與年邁的老樹，一起爲戰爭譜一首安息曲。

我更想那條沿海的寂寞公路，一戶人家也沒有，只有日落大洋的美景，一片片如鱗的波光，映照在像剪影一樣的連綿島嶼和幾艘孤舟之前。我在這裡目睹一個

島嶼的消失（不是沒入海中，而是奔向大地）以及重新出現。見證造物的奇蹟，我除了一再的張口結舌，也不知如何讚嘆是好。

我不能不想的是孩子們，一個個燦爛的笑顏，一點兒也沒有被「困」在這小小地方的感覺，反而盡情的揮灑著他們的青春。有那麼多老師（師生比例近一比一）的悉心照拂，那麼多家長（哈！每一個大人都認識你）的殷殷關切，他們有的更多，失的更少。我常獨坐臺灣，一一在心中念著他們的名子，像個老爺爺般的想望：你們要開開心心的，等我回來……

孩子們的歡笑嘻鬧聲之外，我也想念夥伴們（只能說是夥伴了，叫鄰居太生疏，叫朋友我還不夠格）。我想念夥伴們喝酒划拳的暢快，談論遠景時的眞摯，以及評斷是非的直爽……這裡沒有人需要客套、需要僞裝，更沒有什麼好爭的，一個島，一家人，不必說，沒得分。

而我更想念島嶼的寧靜。極少的車，極少的人，一點點的機器，一點點的敲打，大多數時候是寂靜，靜到你聽得見每一隻鳥的呢喃，每一隻蛙的鼓譟，還有每一隻蟲兒鳴唱的夜曲。更大多數時候只聽得到一波，又一波的潮水，永無止境的拍打著岸，一直會來，一定會來，多麼令人安心的潮水啊，「早知潮有信，嫁與弄潮兒」[1]，我的沙灘，會不會也這樣子想念我呢？

一波波的潮水，一定是在催促我早一點回去。住過五百多個城市，到過六十幾個國家，而我現在唯一想念的，是東莒。

一定是這個島把我下蠱了，HELP！

1. 語出李益〈江南曲〉：「嫁得瞿塘賈，朝朝誤妾期。早知潮有信，嫁與弄潮兒。」此詩描寫一位商婦對久出不歸的丈夫幽怨之情。

看海的N種方式

你可以遠眺無邊大洋，遍數附近羅列島嶼；
也可以獨坐涼亭，坐擁萬里海疆，
讓海風輕輕討好你的肌膚；
或者闖入一個小小的神祕海灣，
看涓涓細流匯入海角……

一直都喜歡海。

在我年輕的時候，海是不輕易允許親近的，除了少得可憐的幾個所謂的海濱浴場，所有的海岸都是軍事管制區，立著血紅大字的牌子禁止進入，並嚴厲警告擅闖後果，充滿了肅殺之氣。

記得中學時代幾個人一起到海邊玩，闖進了一個偏僻沙灘，就地放起唱盤跳起土風舞（多麼古老的行爲！看不懂的讀者可請教爸媽或阿公阿嬤），結果竟然被持槍的士兵嚴厲喝止，還懷疑我們幾個人是和對岸的敵人通訊呢……最後雖然是虛驚一場，卻從此更對海邊敬而遠之。

不知道是不是這個原因，後來我出版了一本詩集，就叫《只能帶你到海邊》。如今人人都可以毫無阻攔的到海邊了，我卻想到大海的中間，享受被洋流與波浪包圍的滋味——偏我又沒有水手天涯浪遊的灑脫，仍想有一個溫暖安定的角落。

那就只有島嶼了。

看過兩個和島嶼有關的日劇，一個是關於島上小學已無學生，即將廢校，島民到外地去找人來就讀；另一個是年輕醫師隻身到小島行醫……情節大多忘了，但那種孤懸海中、卻又能航向陸地，幾乎是與世隔絕、與本土的關係若斷似續，很想遺世獨立、又害怕眞被遺忘，感覺像「什麼都沒有」、眞正生活起來卻發現一樣都不缺……這種充滿矛盾的心緒，一直都是我的想像。

直到二〇一二年四月，我來住在東莒（原來是寫「去住」的，忍不住就改成「來住」，也是一種矛盾？）爲止。

我眞的到「海中央」來了，這個面積僅有二．六平方公里的小島（如果你沒法體會平方公里的話，就想像一個長方形，長一三〇〇公尺，寬一〇〇〇公尺，就這樣，這樣小），幾乎任何一個角落都可以看到海。你當然可以坐著不動整天眺望大海，反正它的豐富多變怎麼樣也看不膩，就算你忙著自己的事、工作交誼玩樂種種，偶爾一抬頭就看見一小塊的海，反而像是它在窺伺你呢！在問：「喂，我這麼美，爲

什麼不多看我一眼？」

從島嶼看海，的確有許多種不同的美，不像在本土，只有一波又一波湧上的浪；也不像在船上，似乎是永無止境的沉靜大洋。

你可以看沙灘的海，白色的波浪微微的，若有似無的輕吻著細沙，彷彿與情人溫柔的觸撫……但在不知不覺間，沙灘漸漸消失了，海水直逼堤岸，彷彿在強烈宣示自己的主權。過不了許久（在島上，沒有許久這回事，再久都不覺得久）卻又像悔悟了似的，海水一片片、一片片的把沙灘還了出來，像情人間的小小齟齬，總有人要讓步。

而隨著潮汐變化，有時候卻能讓一整個島消失——我不是說那種被海水吞噬的礁石，而是一整座。就例如一座在東北海岸的龜山島你總看過吧？想像它消失了，不是被淹沒了，而是潮水退到完全露出了潮間帶，它竟然和陸地相連，變成了一個半島……半島就不是島了，所以說它消失了。第一次看見這樣會「消失」的島是在法國的聖米歇爾，一座島就那樣「放」在海邊，上面蓋著一所修道院，只有一天特定的某些時候，海水會像摩西渡過紅海那樣，退出一條路來，供人徒步前往朝拜，過不多時，海水重返，它又成了海上一座孤島。

當時震懾不已的我，竟會在十幾年後，每天目睹這樣的奇景。東莒的這座犀牛嶼上沒有修道院，我們穿著雨鞋跨海過去也不是爲了朝聖，而是爲了一路上的花蛤、砂蚌、貽貝、藤壺、海膽、海菜，以及各種大大小小說不清名字的螺……繽紛琳瑯，無法想像小小的一塊地方，就孕育了那麼多采多姿的豐富生態，不管你有沒有宗教信仰，也得承認確實有一個萬能的造物主，爲我們創造這美好一切。

你還可以到懸崖上看海，看波浪在高聳岩石的縫隙之間迴旋，一道道不同形狀的白色泡沫，似乎是大海對你有話要說；而拍打在礁石上濺起的四射水花，又似在傾吐強烈的情感……這裡水與岸的關係不再如沙灘的溫柔、如潮間帶的豐厚，而是對峙的、緊張的。海浪湧起，奮力拍打岩壁，甚至高高跨越，卻又終得散落下來，像敗兵般緩緩流散，在水中翻攪一番之後，伺機再起，一切重演……

幾萬，幾十萬，甚至幾百萬年來都上演著這岩石與海浪的戲碼吧！沒有一方放棄，都始終堅持著；也沒有一方成敗，時光是最好的仲裁。或許有些岩石變了，碎了，落了，甚至被鑿出深深的凹洞來，但它也總還峙立在那兒，宣示著島嶼恆常的存在，維護著這個在地圖上都不容易找到、卻一直存在許多人心靈深處的島。

在這個「戰場」的中間，卻又沒有那麼多的殺伐之氣。四月的時候，由紅而豔紫的南國薊會一一盛開，或獨立一隅，或成簇綻放，爲初春的島嶼添上新妝；五月來臨，高雅潔白的野百合四處綻放，迎風招展，彷彿宣告著和平安詳的到臨。

總之奪去了不少目光，讓人們暫時忽略了懸崖底下，岩石與海洋的長期爭戰。

而從高處看海，最好也不要太久，因爲看久了會目眩神馳，會著魔般的忘了自己。就像浪花洗過礁岩一樣，稍稍做個心靈的洗禮就好。

海的面貌當然不僅於此，你也可以在高高的展望臺上，遠眺無邊大洋，遍數附近羅列的島嶼；也可以獨坐涼亭，坐擁萬里海疆，讓海風如朝貢般輕輕討好你的肌膚；或者闖入一個小小的，充滿神祕氣氛的海灣，看涓涓細流由腳下滙入海角，沙地上滿是亮麗碎石、貝殼和小片彩色的玻璃，原來海也可以用這麼斑爛的方式，與人相逢。

我還沒說到乘著漁船出海，眞正在大海的懷抱裡徜徉呢！我也沒說到靜夜觀海，看滿天星斗從黝黑的海平線上一一升起。我更沒有跟你提到，那許多人口耳相傳、卻始終難得一見的「藍色的淚珠」[1]，到底是傳說，還是神話？

來吧，到一個島嶼中來擁有大海，不，是被大海擁有，讓純淨的藍與白將你纏繞，讓海洋的波與濤將你懾服，讓你的心變得跟大海一樣遼闊、無邊、充滿想像……

1. 藍色淚珠是馬祖著名的星砂，如非目睹無法想像，欲知一二，可參閱馬祖資訊網。

猶有煙硝味

戰爭只是一段逐漸模糊的記憶，
留下來的基地占據了絕佳視野，
左邊是雪白高聳的燈塔，背後是浪花拍岸的礁岩，
右邊是落日之前沙灘、漁船、島嶼的剪影……

東莒島上有很多坦克。

都不是很大的，小小的坦克，散落在許多不起眼的地方。有些看來還算「健全」，漆著迷彩，上面掛著僞裝網，通常會向著大海，但那小小的砲管，讓人懷疑打得到多遠。

大部分則是已經生鏽的，而且放在奇怪的地方，像有的在半山丘上，幾乎被芒草掩埋了；有的甚至在菜園邊，小鳥啁啾的在上面棲息；還有一部面向沙灘，砲口卻對著一隻早已擱淺的老漁船，彷彿多少年來一直監視著它……當初也不知這些坦克怎麼自己走到那裡去的（總不會是人推過去的！），又怎麼就被丟下在那裡，靜靜的被時光鏽蝕，化爲一個個模糊的烽火形象……似乎一切只爲了證實，是的，這裡有過戰爭。

有一次來時碰上演習，中央大道（就是被叫做「中興路」那條，大坪往福正的大路）兩邊的山壁裡，每個坑洞都停著一輛大坦克，看來是真刀真槍的，如果敵人由此長驅直入，必定可以迎頭痛擊……只是敵人一直沒有出現，臉上塗著迷彩的大兵三三兩兩站立著，像揹旅行袋一樣揹著槍，偶爾還笑語兩聲……忽然嚴肅起來，大聲喊著我聽不太懂的口號，原來是一輛巡察的軍車開過。

那輛車就整天在小小的島上開來開去，造成此起彼落的響亮口號，也增添了這悠閒小地方一點點緊張的氣息，軍車上掛著紅底白字的大牌子「後有車隊」，但我一直沒看到過後面還有車子，倒是有扛著鋤頭、提著菜籃的阿嬤，什麼也不理會的，慢慢的走回家去。

還有一次在靶場前擺了一整排裝甲運兵車，在保養吧，裡裡外外擦得油亮亮的，吸引了來玩的小女生，跟阿兵哥撒著嬌要求靠近拍照，後來還趴在車上，最後乾脆就鑽進車內打開蓋子出來揮手了……皮膚黝黑的阿兵哥想制止，又禁不起嗲聲細語，就小心的擋住車子編號，還不斷囑咐：「照片不可以PO網哦！要不然……」小女生們吐吐舌頭，開心的走了，「唉，我剛擦乾淨的說，又給我踩上去……」聽起來也不像真心的抱怨。

就像那些空蕩蕩的靶場，標語牌倒是高高的聳立著「看不見不打，瞄不準不打，打不到不打」，眞是無懈可擊的至理名言，讓人很想在底下加一句「乾脆不要打」。

而一個個打靶的坑洞旁，則長滿了遍地的月見草，鮮黃的花朵在風中輕輕搖擺，而且隨著爬藤一路延展，把原有的肅殺之氣都給柔和了。很難再想像指揮官居中高喊「左線預備——」「右線預備——」「全線預備——」「開始射擊！」然後就乒乒乓、乓、一陣亂槍響後，正要安靜下來，又忽然「砰！」地一聲嚇大家一跳。這回要安靜得更久了，半天才聽到一聲「停止射擊——」每個人同時重重吁了一口氣。這還只是打靶，若打的是人，自己可能先被胸口沉重的壓力給鬱傷了吧！

好在一切都過去了。

營房一間間空了，崗哨一個個撤了，如蛛網般密布的坑道被荒煙蔓草盤據，又回到了原本大自然的懷抱。我喜歡在一個個荒廢了的基地上遊走，看他們用汽油筒挖出一個個三角形，把這三角豎立起來、做成拒馬的樣子，比起標準型、通常在臺北街頭鎮暴用的拒馬，它看起來有點柔弱、似乎阻擋不了什麼，「哎，那是不是烤肉用的？」「不是吧，比較像桶仔雞。」偶爾聽到遊客經過時這樣的對話，連原本一臉嚴肅的哨兵，都忍不住嘴角微微咧開。

有些「軍事重地，嚴禁進入」的牌子也還在，和鐵桶拒馬一樣，只剩下宣示的意義，甚至連宣示也沒有了，上面放肆的結著蛛網，只是「曾經存在」的證明吧。

就像那哨亭裡，曾有士兵緊張的端著實彈眞槍，心裡不斷默誦今晚的口令，時時提防著四周的風吹草動；就像那坑道裡，有匍匐著年輕的身軀，正頂著風雨要前往接哨的士兵，他們在射口繃緊了神經，看著黑暗中的海岸線，不知道沙灘上的軌條砦（砦，音義同「寨」）、岩壁上水泥糊上的尖銳玻璃、四周濱栫木與瓊麻之間遍布的地雷，是否眞能阻止，那傳說中神不知鬼不覺，就能來摸走一個哨所的「水鬼」？

對於未知，人們總有太多的恐懼、更多的傳說。當年抽中「金馬獎」（到金門馬祖服役）的義務士兵，那眞是青天霹靂，就這樣誰也不能告訴的被送到港口，上船，顚簸流離，之後就到了一個全然陌生，荒涼，無限遙遠的地方。而且生活裡的一舉一動，生命中的每一秒鐘，就是要「絕對服從命令」，主要的任務當然是——殺敵報國。

等家人接到被政戰官員嚴厲檢查、可能塗得這裡那裡一塊塊黑的家書時，或許已是幾個月後了。而不到三年退伍期滿，是不可能見上孩子一面的。在有些大的島，士兵還可以到某些照相館偷偷拍張照寄回家，家裡也偷偷寄些錢託照相館轉交（若是寄到部隊，那一定是全數退回的，因爲他們「有國家照顧」）。而在小

小的東莒，這一切是不可能的。

每次我一走進那厚厚混凝土築成的崗哨，就由外到裡全身冰冷，不由得想像年輕的孩子在此忍受磨難，用懷鄉之情來抵禦海風與酷寒，一天一天數著退伍還鄉的日子，而那一天也不見得必定會到。有時候，極少數時候，家人盼到的只是一小盒骨灰和一張「爲國捐軀」的通知，讓早已在思念中流乾的眼淚又傾洩而出。

這一切當然過了，遠去了，甚至漸漸不再有人記得了。

島上的駐軍一路從兩千人降到兩百，「敵人」的漁船肆無忌憚的在岸邊捕魚，甚至就把船停在我們的港口。在這早已不是戰爭的年代，戰爭就像那些鏽棄的坦克，只是一段逐漸模糊的記憶。我獨行島上，偶爾聽見遠遠傳來「雄壯、威武、嚴肅、剛直……」的口號聲，甚至久久也會傳來規律的槍砲打靶聲，但那甚至驚不起樹林裡棲息的白鷺。我駐足側耳，四周又恢復了寂靜，只有蛙鳴固執的持續著……

沒有人說得清楚當初是爲誰而戰、爲何而戰，好在馬祖也沒有眞的「戰」，那些留下來的基地，尤其是觀測所，都占據了絕佳的視野，三百六十度的環景岩壁海濤，左邊是雪白高聳的燈塔，背後是浪花拍岸的礁岩，前面是一片迷濛、灰暗石屋的古老聚落，右邊則是落日之前的沙灘、漁船、島嶼，又一串島嶼，再一個島嶼的剪影，貼在片片晶亮的波光上……

這麼美的地方，只適合喝一杯咖啡，跟那烽火連天的時代，在心裡輕輕道別。

戰爭早已過去，如今剩下砲彈中盛開的花

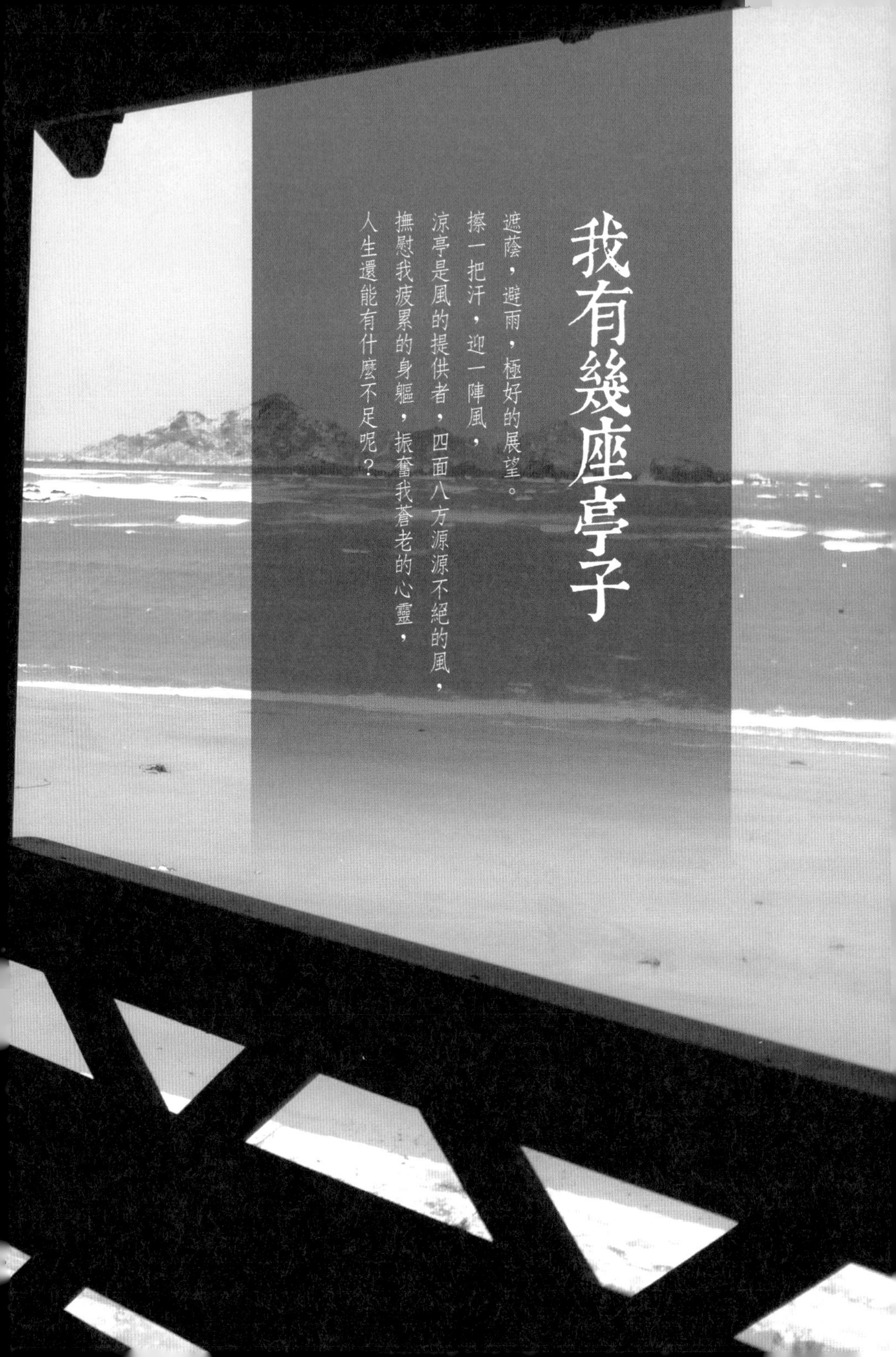

我有幾座亭子

遮蔭，避雨，極好的展望。
擦一把汗，迎一陣風，
涼亭是風的提供者，四面八方源源不絕的風，
撫慰我疲累的身軀，振奮我蒼老的心靈，
人生還能有什麼不足呢？

我是個涼亭迷戀者。

不管在山裡、在海上，走路之後會流汗，流汗之後就期待風。

即使一點點風也好，那時候全身的皮膚都極其敏感，在空氣中努力捕捉，即使細如蛛網般的一點點風。只有渾身大汗，才更覺風的可貴，才不會錯過任何一絲絲風，感謝老天的恩賜，做爲我疲累之後小小的酬勞。

而涼亭正是風的提供者，除了遮蔭，避雨，有極好的展望（當然也有些公家會把亭子蓋在全然無風的凹谷裡，那就不叫涼亭，只能叫呆亭），更有四面八方源源不絕的風。

「亭」字本身就寂寞得不得了，日式

庭園裡直接就能用石頭、石柱、石蓋擺出這個字，有的還點上燈。

「長亭更短亭」[1]，亭子何來長短呢？原來十里長亭，五里短亭，古人情深義重，送別要一直送、一直停（啊，原來亭邊有人就是停），所以一路要有亭，不管長亭短亭，送君千里的情意綿長。

而我在東莒走來走去，最愜意的落腳處就是涼亭。

距離最近的是福正沙灘邊的木造亭，底下居然是碉堡，也不知是亭掩飾堡，還是堡維護亭，反正亭子就坐落碉堡上，殺氣森嚴之上是輕鬆寫意，不協調中的平和景象。

前一陣子漢光演習，阿兵哥還在旁邊砌了沙袋掩體，擺一個假人，握一把假槍，害我在亭裡喝咖啡時差點噴出來。

是人手不足？還是暗示戰爭在打假的？比起金門坑道前不但有雕塑假兵，還會大喊：「敬禮！來賓好！」這還算含蓄的，反正烽火已遠，戰爭只是模糊的記憶，存留在不死但已凋零的老兵身上……

這個亭我取名「攬月」亭，月明時可見海上波光粼粼，月亮大得彷彿伸手可及。旁邊的白馬尊王廟，靜靜守護著這古老、破落，但仍有漁人孜孜不息的村莊。

往濱海的路上走，一條全無民房的戰備道路，遠遠可以眺望犀牛嶼潮間帶的地方，瓊麻後面掩映的營房，不管發生過什麼慘烈劇情，都已是不堪追憶的往事了。不知會不會有穿著迷彩軍服的幽靈，出現在那兒對我喊著：「口令！」隨即槍口冒出螢光般的火花？

那兒也有一個小小的、傳統式樣、黃瓦白柱的涼亭，我喚做「向晚」亭，因這兒總有夕照，總有貪戀白晝的落日，在水面留下千千萬萬倒影，襯著島嶼和孤舟的剪影，叫人刺眼又忍不住凝目，忘了「蒼然暮色，自遠而近，至無所見」，常愛向晚不思歸。

做爲東莒門戶的猛澳港（其實是「艋澳」，艋舺的「艋」，將錯就錯又何妨），一路陡上大坪村的半途，有一個新建的松木涼亭，應是徒步背包客的救星吧！在此歇口氣、喝口水，「卻顧所來徑，蒼蒼橫翠微」，回顧剛才行經的西莒、之前登船的南竿，還有對岸隱約的長樂，水天茫茫，才驚覺自己怎麼到了這天之涯、海之顛？

這個涼亭的屋頂，不知是設計師的刻意巧思，還是畫圖時筆滑了，屋頂居然只覆蓋住亭子的一半；換句話說，有一半的「美人靠」上面是沒有頂、直接可見雲

天日月的。

有人戲稱它「半邊亭」，我寧願稱它「晴雨」，雨時須頂，晴時望空，不是兩全其美嗎？「道是無晴卻有晴」，我喜歡在這裡，看白色的渡輪遠遠駛來，載來滿船居民的需求、旅人的夢想，以及返鄉遊子的企盼。

陽光過後總有陰霾，落雨之後也必青空，時晴時雨，重要的是有風就好，不然何以稱「涼」亭呢？

至於大埔石刻，唯一已被命名的「懷古亭」，亭外雕樑畫棟，亭中無桌無椅，如何休憩呢？原來亭中用透明罩護著「三級古蹟」的刻字石碑呢！「殺風景」莫此爲甚，既是「大老粗」幹的就不予計較了，好在旁邊樹林下石桌石椅尚可一坐，看遠方濁浪排空、釣客揮洒，也自有一番風情。

還有一個該「亭」而不亭的地方，那是東洋山步道。這條蜿蜒的八字形小徑，面對的是千噚斷崖、百尺浪濤，往下眺望會令人目眩神馳的。鬼斧神工的崗石，奔騰洶湧的浪潮，站到崖邊，狂風彷彿就要將你席捲而去的……難以想像，小小島嶼上的壯闊景象。

可這兒有一個崗哨改建的凵形展望臺，有一個圓形小廣場般的觀景臺，卻連一

片屋頂也沒有。豔陽當空，即使有風也不涼，難以久留，不免要問：世上只有留人的美景，哪有趕人的風光？

可見「亭」還是得有蓋，否則就難「享」——我會不會對這小島太苛求了？畢竟我只是一個多月前還陌生的人。

但我小小的祈求，有一座亭子在此，名喚「崩雲」亭。（「亂石崩雲，捲起千堆雪」，沒有比這對浪濤拍岸更好的形容了！）

而我最愛的則是大埔的涼亭了。高踞小丘，俯瞰令人發思古幽情的百年漁村，遠眺山崖峻峭的林坳嶼[2]，看雞鴨悠遊石徑，野貓出沒屋角，各色花朵恣意綻放腳邊，無邊綠意充滿兩眼，大洋的浪潮一波一波、永無止息的撲向礁岩，環景三百六十度的視野，讓你不開心也難。

這時候擦一把汗，迎一陣風，拿出杯子，取出濾掛式咖啡，打開保溫瓶，將熱水緩緩注入，先聞到陣陣撲鼻香氣，繼而細細啜飲一杯濃郁咖啡，再佐以一塊甜點，在舌尖漸漸融化，參與這五感到齊的身心盛宴……

人生還能有什麼要求？能有什麼不足呢？

和我這半生憩息過的每一座山林裡的涼亭一樣，撫慰我疲累的身軀，振奮我蒼老的心靈，這時唯一的念頭只有：「啊！我怎麼這麼好命呢？」杯子已空，餘香裊裊，海島上無盡的風，仍在我四周放肆的嬉耍著。

這一座亭子，我稱它做「與風同坐」亭。

1. 語出李白〈菩薩蠻〉：「平林漠漠煙如織，寒山一帶傷心碧。暝色入高樓，有人樓上愁。玉階空佇立，宿鳥歸飛急，何處是歸程？長亭更短亭。」此詞描寫婦人憂愁遠方行人歸期無望，道路幾千，路上無數長亭短亭，遙遠無盡。

2. 根據馬祖國家風景區官網，林坳嶼位於東莒島南側，是東莒島周邊的三座小島之一，終年與東莒島遙遙相望，無法像北側的犀牛嶼一樣，在退潮時與東莒島相連。

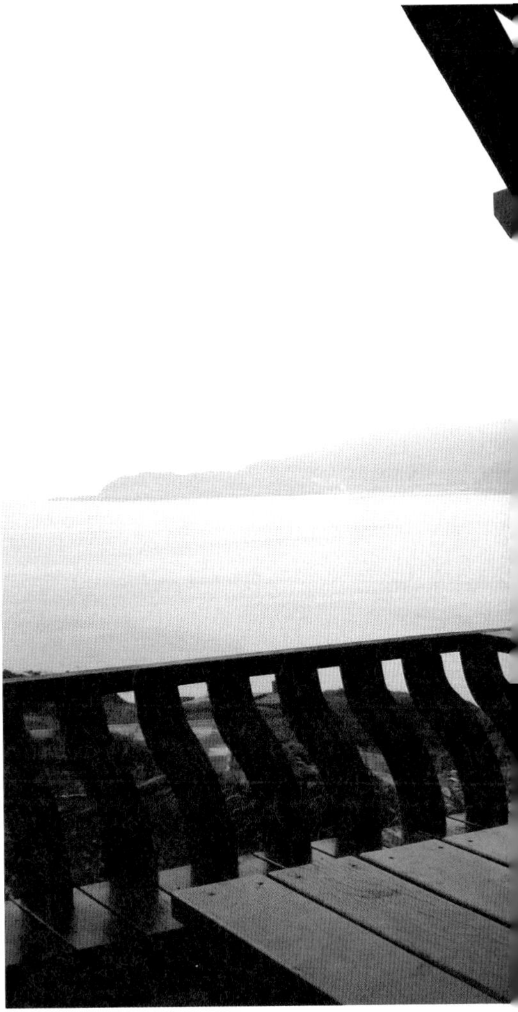

由半邊亭眺望西莒島

燈塔以及其他

百年來，
燈塔守提著油燈、佝僂著身軀，
冒著凜烈強風執行任務……
歷史的屈辱早已遠去了，
許多靜止的畫面會述說動態的故事，
只要你懂得聆聽。

由福正村順著石板路蜿蜒而上，兩邊滿是迎風招展的五節芒，無所不在的大花咸豐草當然也不會缺席。有趣的是，離開村落之前，最後看到的一棟屋子上，竟隱約漆著「故鄉冰果室」的字號。

遠渡重洋、不知爲何而來的士兵，在溽暑的島上吃著冰、望著海，眞的會想起故鄉而眼淚漣漣吧。

到了燈塔門口，白色的門柱、白色的矮牆，完全是西洋風格，好像一不小心走入了另一個國家似的。

整個燈塔內的建築風格非常統一簡潔，白牆灰頂，方正齊整，不管是整排的辦公室、宿舍、倉庫，主棟的文物陳列館，甚至錯落的儲藏小屋，彷彿都爲了襯托那高高聳立，已有一百四十年歷史的白色燈塔。歷史的屈辱早已遠去了，中英戰爭、南京條約、開五口通商，爲了福州商旅之便而開在閩江口的燈塔，原本要設在西莒的，卻因爲當地人擔心破壞風水而改設東莒（傳聞西莒民風強悍，這或許也是一例），如今西莒人遙望絡繹不絕前來探賞燈塔的遊客，不知心中是何滋味？

院子內綠草如茵，除了闢出一小塊沙地供員工種菜，四、五月盛開的南國薊和野百合，更在風中招展著萬種風情，仰目向上，燈塔彷彿益顯高大，也落實了它

做爲全島地標的巍然精神。

在那麼久遠以前，用傳統的煤油燈加上三稜鏡等等，就能發出耀眼光芒，指引迷霧中往來的船隻，確實不得不承認洋務之強，不得不欣然接受英國人赫得——以降的一任任海關總稅務司。人家建起的不只是高度科技的燈塔，還包括我國沿用至今的關稅制度。

在文物館內讚嘆著各種、以當時來看極其「進步」的工具用品之際，也不免注意到一組古老的咖啡器具。在這兒默默守護安全、也守候寂寞的年代，除了英國人，竟有丹麥人、俄國人、荷蘭人都相繼擔任這兒的燈塔管理者，當他們在離鄉萬里之遙飲著咖啡，那湧起的鄉愁，一定比海角的濃霧更加化不開吧！

其實我從小幻想當一名燈塔看守員，不知爲了什麼。是爲了無人打擾的清靜、還是日日看海的閒散？甚至服役分發時還寄望抽到這類部隊。後來才知道燈塔守可能是世上最寂寞的行業，才知道多爲父子相傳才得以爲繼，才知道大部分燈塔都自動化不再有看守……如今又看到一個「心目中」的燈塔不由得倍加欣喜，而這兒遊人不絕，員工眾多，也早已失去那股寂寥的況味。

即使曾在國共對戰時一度熄滅的燈塔，也換上了現代的鎢絲燈泡，更有效率、更令人安心的運作著，到底還有多少船隻仰賴它的燈光不得而知，但它的英姿卻

隨著人們的取景拍照，散布到世上更多角落。比起那許多在幽暗偏僻中逐漸被遺忘、甚至傾圮的燈塔，東莒的這一座無疑更顯得精神抖擻了。

最特殊的當然是由主屋到燈塔的，一座長長的白色矮牆，從旁邊一株風剪的小松樹，就可以想像百年來，燈塔守提著油燈、佝僂著身軀，冒著凜烈強風執行任務的情景……許多靜止的畫面會述說動態的故事，只要你懂得聆聽。

一路向前，是兩門黑色的霧砲[2]，當霧濃到即使兩萬三千瓦的強光也黯然失色時，只有以隆隆的砲聲提醒水手們了，由砲口的射線延伸過去，正是茫茫無際的大洋。

再往前行，已出了燈塔範圍，右邊是一個規模頗大的陣地，和剛才燈塔進門時右邊的營房一樣，都已荒廢多時，唯有對著正前方（和兩門霧砲同向）的一門巨砲，還在完整剛硬的陣地裡高高舉起，彷彿隨時可以擊發，引燃那熄滅已久的，漫天戰火。

幸而巨砲前已無硝煙，草地上開滿了小黃花，搖曳著平和的氣息，而旁邊的木製觀景臺，則不經意的洩漏出來東莒兩大美景：黃色的玄武岩，與蔚藍色的海浪，正以各種玄妙絕奇的姿態組合演出，抓住旅人每一吋讚嘆的目光。

近處的叫蒼山，風化的石頭如累卵般堆疊其中，好像一陣風就足以吹落入海，偏偏常有磯釣客挺立岸上，任千仞波濤隨時淹沒身影，光是看著就已一身冷汗，卻永遠有人前仆後繼、樂此不疲。遠處一名釣客小小的、堅毅的身影，在壯闊波動的山海美景中，的確更令人動容。

遠方小小的島則叫「大嶼」，明明是四周最小的島爲何偏叫大嶼呢？就像派出所那隻黑狗被我叫做「小白」一樣，天下的黑狗都無條件的被叫「小黑」，必定也有想要與眾不同的吧？或許小島就這樣被叫做大嶼。

而且它雖小卻是注目焦點，孤懸海外，驚濤不斷，經常被淹沒卻不致消失，持續遭撲打但不會崩毀，小島的志氣不小，它會一直在那兒見證月升日落，潮來潮往，而且記憶著每一發隆隆砲聲，不管是爲了喚醒霧中迷船，或襲擊一艘艘攻往臺灣的敵艦……

驚嘆過海角絕景，順著馬路往下，遠遠可看見坦克和崗哨的「軍事重地」，這就是阿兵哥們駐紮的五三據點，五三阿婆的店由此得名。

只是平民百姓的我們當然不去擅闖基地，卻往右邊的芒草叢一鑽，地上的長草隱約被踏出左右兩條路來，往左邊走，小心避開地上坑洞，高舉雙臂護住割臉的芒草，你會懷疑幹嘛闖進這島上到處都是的廢棄崗哨，萬一觸動什麼雷什麼彈……

等你攀上一座圓形碉堡，環視三百六十度景觀之後，就沒有怨言而只剩感激了……在這兒可以看見外海層層島嶼，看見一彎圓弧沙灘，看見整個古老的福正聚落，看見綠意覆蓋的山坡，看見聳立高崗的燈塔，更別說底下環繞著驚濤拍岸、巨石崩雲的壯觀景色了……在此足可把半個東莒的美景盡收眼底。

而你還可以在這裡看日出，也看日落，沒錯，同一個地點，這世上能看見朝陽也看見夕陽的地點並不多吧？何況又是在這樣的美……噓，像這樣的祕密景點，

我只告訴你。

貪看美景腳痠了嗎？說也奇怪，碉堡中央竟有兩張白色木椅，可以供你和同伴輕輕入坐、靜靜瀏覽、深深入目、久久不忘……此情此景，只能用兩眼做鏡頭，以心靈按下快門，用永恆的記憶建檔。

到了這海天之涯，跟你喝杯咖啡，那是一定要的。

我想開咖啡屋的地方

1. 羅伯特・赫得（Robert Hart 1835～1911），英國人，曾任職晚清政府海關總稅務司達半世紀（1861～1911）。他在任內創建了稅收、統計、檢疫等一整套嚴格的海關管理制度，為清政府開闢了一個穩定的稅收來源，其主持的海關還創建了中國的現代郵政系統。

2. 中國霧砲使用始於十九世紀末，直到民國四十年代才停止使用。起霧時，每隔十或十五分鐘鳴霧砲一響，聽聞船近發出汽哨或其他聲響時，燈塔則以霧砲應答，每三到五分鐘，鳴砲兩響，直到船隻離去。

一個沒有名字的老人

他哽咽了，
我的眼眶也已溼潤，
這是怎樣的折磨呀？
一個人在顛沛離亂的過了大半生後，
到底還能忍受多少椎心的痛楚？

從二樓的木造樓梯走下來，看見客廳裡有人。

我嚇了一大跳！兩腳僵在木梯的最後一階。住在福正四十三號這麼久了，既無鄰居，也乏路人，只有把機車停在我門口的工人，偶爾遇到了會不得不的問一句：「你住這裡啊？」然後不再作聲，「我……」來不及回答，他的背影已走遠了。

這次卻有人主動跑到我屋裡來，雖說我在時根本不關門，但這樣不請自來的是何方神聖呢？在狐疑間，他也緩緩轉過身來。是一位七十幾歲的老人，白髮蒼蒼，臉上深深刻著歲月的痕跡，表情無喜無怒，只有眼睛的顏色特別淡，灰灰的，茫茫的，不知他在看哪裡。

「請問……有什麼事嗎？」我總算恢復鎮定，也許東莒人就是如此直率，不理就不理，愛來就來。

「沒事，就……坐坐。」

「哦。」我在他對面的板凳坐下，屋裡沒有窗，他又背著門口的光，靠近了反而看不清，就只一個蒼老的剪影。

「請問您……貴姓啊？」

「沒有姓名，」他的回答有點唐突，語氣卻很平淡，「我住你對面。」

「原來是鄰居，」我試圖拉近距離，好歹這是我獨自住這房子的第一個訪客，「你……老家在哪裡？」

「那，」他的下巴抬一抬，對著外面的大海，「就對面，長樂「。」

「哦，很近嘛，」許多馬祖人都打那兒來，事實上現在屬於連江縣的馬祖，之前還屬福建長樂縣，我也知道在東莒許多人都會回長樂去探親、拜神。

「回去過嗎？」

他不出聲了，一動也不動的坐著，好像要把自己坐成一尊塑像。大約過了半世紀那麼久吧，才聽到他嘴裡幽幽的吐出一句：「沒有。」

「爲……」我脫口而出，馬上察覺自己的無禮，硬生生把話吞了回去，差點被口水嗆到。

「沒臉回去，都敗光了。」他緩緩的，彷彿極其艱難的說出這句話。但一說出，似乎也就在心裡釋放了什麼，於是開始操著濃濃的口音，一個字一個字的說出他的故事。

原來他是福建長樂的漁民子弟，十三歲時在碼頭被軍隊拉夫到了臺灣，當然就再也沒機會回家過。一直到退伍存了一筆錢，卻因爲孤身寂寞、沉溺賭博，不但輸光了生平積蓄，還欠了地下錢莊一大筆錢，被黑道討債追殺……

「最後就逃到這裡來了，」他平靜的訴說著，好像這只是別人的故事，「我離不開臺灣，最後就只能跑到這裡來了。這裡人少，又沒人認識我，他們要追……應該也追不到這裡來吧！」他臉上的線條向上牽動了一下，像是要笑，卻更像哭。

「而且……這裡離老家更近。」

這下換我不知如何接口了，屋裡又安靜了許久，「沒有錢……在這裡能生活嗎？」

「那倒不難，」他的語氣仍然一貫的平板，「這裡釣魚容易，退潮的時候撿撿貝類螺類，再自己種種菜……餓不死。」

想來路旁那一塊菜園是他的囉？用各種廢棄的木板、窗框、椅子……圍成牆，每一株菜的四周各插一根木條，再用紅色的塑膠袋圍上防風，老榮民灌溉的不只是自己的生機，也排遣了無數個苦悶的日子吧。

「都……一個人？」我忍不住好奇，大膽的試探。

「原本都是，後來認識了附近一個女人，她……沒了男人，自己住。」他灰暗的眼瞳忽然亮了起來，語氣也稍稍提高了些，「她年紀不小了，也沒有多……好看，就是兩個人做個伴嘛，人家不嫌棄你就不錯了，窮老頭一個，什麼都沒有！」

「哪裡會？你有她、她有你……很好啊。」我試圖寬解，也眞心欣慰他在孤身五、六十年後，終於第一次有了家的感覺。

「沒有了。」他剛亮起來的眸光忽然又滅了，像忽然被風吹熄的燭光。

這下我不敢問了，死了？走了？反正終究是沒了。他整個人像蔫掉了的菜葉，連肩膀都垮了，身形好像在不斷的縮小，眼看著要化成一灘水，從門口流出去……

「沒有了也就算了，」他的語氣又變得冷淡平板，「開放探親了我不敢回去，別人都是衣錦榮歸，起碼手上有一點錢，我除了一屁股債還有什麼？我拿什麼臉回家？」

我仍然無話可說，卻不知驚詫還在後面，「我以爲躲在這裡誰都不認識，除了她我也沒跟人來往，不知道怎麼被住在對面的親兄弟知道了，託人傳信一定要我回去。」

這下怎麼辦呢？我在心裡問著，沒有開口。

「我撕掉了一封又一封的信，信封上確確實實寫著我的名字，幾百年沒人這麼叫我了，我也快記不得自己有這個名字，可是我連拆都不敢拆，直接撕掉，撕了一封、又一封……

「我怕忍不住呀！那麼近，要能回不早就回了嗎？我什麼都沒有，拿什麼臉回？你說，我有什麼臉回家？回去給我爸媽丟人、給我兄弟笑話嗎？」

我縮起脖子，連呼吸都不敢太用力，唯恐激起老人深深壓抑的憤恨，在這個關頭，說什麼都不適合。

「後來……後來我的兄弟們，竟然把漁船都開到對面的福正港來了，沒錯，就對著我的大門，用喇叭廣播器喊我的名字，叫我回家……」

我全身的雞皮疙瘩都起來了！沒想到我每天面對欣賞的海灣，那島連著島、海連著天的「無敵美景」，卻會如此殘酷的傷害一個老人的心。我看過不少離岸很近的大陸漁船，不難想像有一艘甚至好幾艘，隆隆的開進福正港口，大聲廣播著呼喚親人返鄉……而老人只能緊閉門窗，緊緊咬牙背對，兩手摀著耳朵，卻擋不住屋外那一聲聲的叫喊。

「他們一遍又一遍叫著我的名字，」他的聲音越來越低，幾乎聽不清楚了，「他們說媽媽年紀大了，不曉得還有多久好活，只想再看看我，看一眼幾十年沒見的孩子，死了也甘心……」他哽咽了，我的眼眶也已溼潤，這是怎樣的折磨呀？一個人顛沛離亂的過了大半生後，到底還能忍受多少椎心的痛楚？

我還震懾在這突如其來的故事裡，他卻忽然站了起來！不發一語，頭也不回的走了。

「你……」我愕然察覺時已經不見他的蹤影，追到屋外，蒼然暮色已經掩至，空空的道路上，杳無人跡，只看到一片枯葉。

林學明／攝

我跌坐在門口的矮牆上，許久許久，直到天色完全暗了下來，對面的幾間房子並未亮燈，我也不知老人確實住在哪間、該不該去找他、找到了又如何？

後來我就沉沉的睡著了，在夢中我下樓的時候，看見客廳裡坐著一個人……再後來我就分不清楚，是我在做夢之後知道了這個故事，還是聽說了這個故事才做了夢……

我四處打聽，終於有人告訴我，這故事是眞的，但那老人後來整天整夜的喝酒，已經死了，很多年前。

1. 此處之長樂是指中國福建省下轄縣級市。位於福建省東部沿海、閩江口南岸，東臨臺灣海峽，西與閩侯縣為鄰，南與福清市相接，北與馬尾區隔江相望。一九五三年八月，臺灣之中華民國政府曾於西莒島設長樂縣政府，直至一九六五年七月才撤銷長樂縣政府，將東莒及西莒收編為中華民國福建省連江縣莒光鄉。

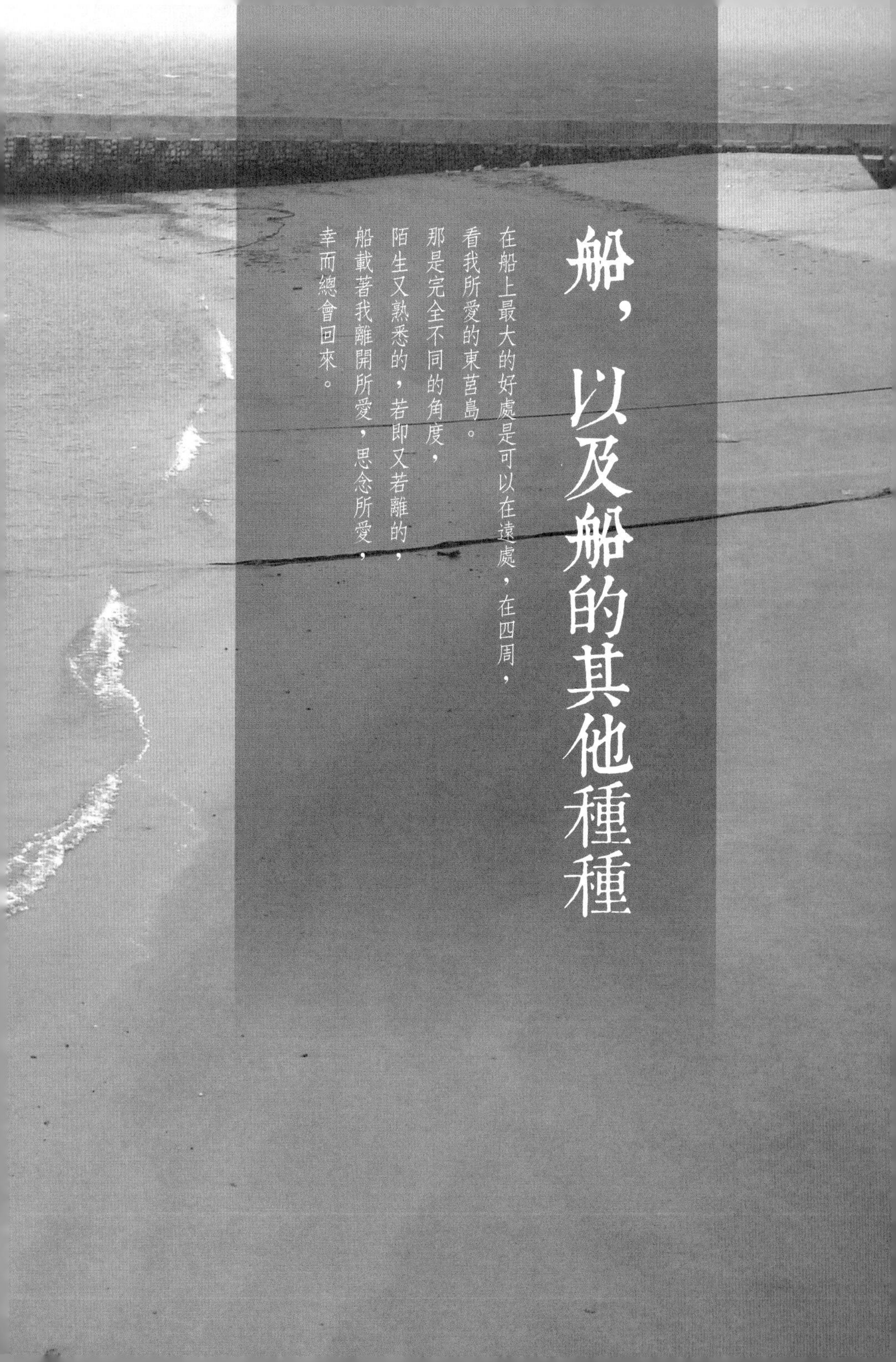

船，以及船的其他種種

在船上最大的好處是可以在遠處，在四周，
看我所愛的東莒島。
那是完全不同的角度，
陌生又熟悉的，若即又若離的，
船載著我離開所愛，思念所愛，
幸而總會回來。

在東莒，海無所不在。

海是遼闊無邊的、未知的、不可預測的領域，而唯一能引領人們進入這個魔幻奇異的世界，仍能全身而退的，就只有船了。

船是海的探索者。當然探索是有限的，大多數時候，船只是躲在海的邊邊，港灣裡、淺灘上，怔怔的看著它其實並不了解的海，回憶上一次接觸的感覺：平順，波動，或者驚險刺激……

東莒四周環海，僅有兩平方公里多的小島，走到哪裡都可以看到海。而海通常是在景物之上的，例如你眼前是道路，之上是村莊的房舍，之上是岩石與樹叢，之上是海。

海之上就是天了。很多時候海與天的界線並不明朗，不很注意看時並分不清，而在岩石與樹叢之上，偶爾有船。

那船看來就像浮在天上似的。

在藍藍天上的船飄飄蕩蕩，始終不離開，想必漁夫是下了錨，帶著漁獲或空手回陸上去了，留下孤單（或者也不孤單）的小船在這裡晃呀晃的，點點的白浪像細小的白雲，這樣就更像在天上了。

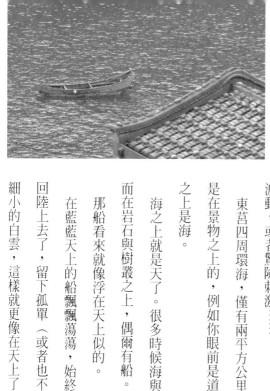

我常常在海邊這樣看著孤單的小船，看它被風浪推動繞著錨的軸心打轉，堅持不離開，等待主人下一次的到臨。

大部分的船則在港灣裡，有長長的防波堤擋住張狂放肆的浪，他們擺盪的幅度就很輕微，好像只是大家聚在一起寒暄，微微的點頭，細細的低語……一時就噤了聲，原來是有一艘船的主人駕著更小的船來了，上船，出海。

從屋頂上（從我的住處望去，由上往下依序是天、海、石屋）畫出一道美麗的弧線，這船倏忽遠去，其他的船才好像又恢復了低聲交談，微微點頭，在安全的港灣裡靜靜憩息著，好爲下一次的出海搏鬥做足準備。

但是港灣會退潮的，一退退很遠，連遠方的小島都因退潮而露出了潮間帶，和本島結合了起來，何況這小小港口？海水退去，大部分的沙灘都裸露了出來，這些原本看似安逸的船，現在看來好像一群擱淺在沙灘上的鯨魚。

好在它們是不呼吸的，不勞人們費心搶救。只是這樣一動也不動的攤著（或癱著？），有不少船隻露出老舊的鐵鏽，更像是幾個除役的老兵，思鄉的心情隨風而逝……而一臺也一樣老鏽的裝甲車，竟在港邊還一逕把砲口指向這幾艘無辜的小船，好像還在那個敵友分明的時代。

所有的小船彷彿不約而同抬起頭來，向港中體型最大的一艘漁船求救，這種時候找個「老大」做靠山是最應當的，殊不知這大船才是眞的已廢棄了，正逐漸在變化成永遠的礁石。

被廢棄的船何止這一艘？漁人只要不出海打魚了，船就一點用處也沒有了，他們可不會好整以暇的駕船出去遛遛，看看燕鷗，巡巡小島，再對夕陽波光讚嘆一番。當生活已是日復一日的重擔，浪漫的情懷只會出現在，不經世事的年輕遊客身上。

有些就把船留在港裡了，去了大島，或者更大的島，甚至到了大陸……船只有在夢裡才看得見。

不知那些被主人丟棄的船，會不會羨慕那些偶爾還有人來的船呢？還是無所謂？人自人，船自船，從被造出來的那一刻起，船就有了自己獨特的生命。

比起另外那些還是幸運的：另外一些船被丟棄在島上，一些不可思議的地方。走在小徑上，忽然在草叢中看見一艘廢棄的船，它的主人是如何費力把它帶到這人煙罕至之處的？難道也像流浪狗被丟棄的過程嗎？這人心中會有一絲不安嗎？這船的心裡又會有一些怨憤嗎？我其實不必自作多情的想太多，春草生長極快，沒多久它就會完全被湮沒，再也無人聞問那不堪的過往。

還有些則被丟在漁寮附近，和一些破爛的魚網、陳舊的漁具相伴，有一點同病相憐的感覺。反正，就這樣裸露著，任憑日晒雨淋風吹打，逐漸逐漸的腐朽，最後木化爲灰，灰化爲土，又回到大地的懷抱——它原先來的地方。

也有一些是「出師未捷身先死」的，看起來造好沒多久的船，連漆都還沒上呢，就給丟在火熱的柏油路上了，看來還眞的有點可憐……背後是剛改建好的老屋，新的瓦，新的牆，新的窗，但已不再有新人入住了。

新船老屋，一樣沒用，留不住的終究留不住。

我曾幸運的搭著像這樣的船出海，終於能夠對它們的生涯略知一二，知道它們怎樣滑行出海，圍繞著景色俏麗的島嶼，閃避無所不在的暗礁，追逐神出鬼沒的魚群，逆風前行，撲浪而去；在其中如何迴轉如何側身，又如何在巨大的岩石中尋找縫隙，輕巧穿越；如何看海草在身旁漂流，各種貝類緊貼岩壁求生，而少有人跡的海域中，大多數魚兒其實是毫不設防的，分不清哪個是魚哪個是餌。

載我出海的船老大，似乎不費吹灰之力一下子就釣起一隻好大的鱸魚，「六斤。」我正要讚嘆好大，「這算是最小的。」勉強拿著魚讓我拍照，有點靦覥的笑著，這一點也不算是戰利品，好在沒有別的漁夫在，就讓我這外行人大驚小怪一下吧！

看似粗獷、大而化之的漁夫也是會用心機的，各自有私家的漁場，悄悄駛近，回頭張望，沒有別人，就輕輕進入大顯身手；一旦有人靠近，立刻轉身離開，還眞有點「偷」的趣味呢！而有意或無意靠近的人也知曉：這是人家的地盤，總不能當著剛剛特意離開的對方，立刻前去探個究竟，只在心中默默記住位置，好歹下次也來試它一試。

在船上最大的好處是可以在遠處，在四周，看我所愛的東莒島。那是完全不同的角度，陌生又熟悉的，若即又若離的，船載著我離開所愛，思念所愛，幸而總會回來。

看船看得多了，原本較易激動的心已經平靜許多，有了乘船出海的短暫經驗，覺得和船已是「自家人」的熟稔，也不再那麼自作多情、穿鑿附會。

卻看到了幾艘門框裡的船！那時我正走向海邊已無人煙的小聚落，路的盡頭是進入村子的大門，水泥砌的吧？一個ㄇ字形加上底下的沙灘，剛好形成了一個長方形的畫框，海面上的幾艘船就這樣被框在裡面，形成了一幅絕美的風景畫，就連時光，也好像在其中凝止。

我對船的所有回憶，就全部，都給收在這裡面了。

東莒的風雲雨雷

大自然不愧是一流的藝術大師，
賜予人類風雨雷電這樣變化無常的動態，
千萬年來大家以「造物」稱之，確實是有所本吧！
至少我是全面臣服了，
充滿敬畏與感激。

島上多風。

島嶼因爲孤懸海上，四面沒有阻隔，風當然就可以自由來去，所以不管叫不叫「風島」，凡島必定多風。

冬天就不用說了，風吹得叫人頭痛，叫人無法站立，至少也叫人出不了戶外。在島上，多風的冬天是蟄伏的季節，沒有人來，該走的人也都走了，只有風一逕的在海上、在巖間、在荒野中呼嘯著，統治著島嶼。

難怪島上的石屋，窗子都這麼這麼的小，僅容一點點的光，一點點空氣，絕不敢多放些風進來，吹毀原本就簡單的擺設（聽說小窗也有防盜的功能，因爲男人們多半出海去了）。不過男人對風應該也沒轍，說不定正在海上跟狂暴的風浪拚死搏鬥呢！防的這「盜」，應該還是風。

可是想要風的時候怎麼辦呢？春秋之際，習習微風還是迷人的，更別說燠熱的夏天了。以前在臺灣爬山，汗流浹背之餘，一咪咪、一絲絲的風都可貴，盡情的讓皮膚接觸著、吸吮著，唯恐稍縱即逝；而在這兒豔陽高照之際，當然會想念風、那冬天時深痛惡絕的風。好在家家都有陽臺、有露臺，甚至廣闊的大屋頂，就到這兒盡情享受無所不在的風吧！

風一點兒也不吝惜，它不會因你的「使用」而減少、損耗，自顧的來去著，留給人無窮的享受與想念。

我喜歡在東莒所有的、那些我命了名的涼亭捕捉風，那是它們必經之路，而且我可以精準掌握著，投入風的懷抱，眷念不捨，只要它們夠溫柔。

而它們多半是溫柔的，反正只要稍強烈些、令人一絲絲的不快，我可以立刻走人，把它們關在森嚴的木門之外。

雨就不一樣了，偶爾細細的飄還罷，就玩弄著你的髮梢、眉間乃至鼻尖、讓人有一點點潤、又還不至於溼，那是一種清涼的感覺，充滿善意的觸撫。

四、五月時東莒多半是這種雨，調情似的，很令人欣喜，樂意它來，也樂意它倏忽又走，甚至還高興雨給一貫湛藍的天色添點變化，所有的色彩都沉下來、黯下來，其實比較符合這些村落古老的歷史，感覺有點荒蕪。

記得在雪霸山上也這樣，每天早晨開窗，一定是毫無瑕疵的藍天，綠葉或紅葉掩映其間，然後可以踩著亮麗陽光下自己的影子，追逐蝶舞或鳥鳴，直到午後一陣雨，每天都是前後差距不到兩、三小時的下來，把萬物沖洗得更加明麗……然後就起雲了，在山巒間賣弄變幻無窮的姿勢。周而復始的好像一個獨立的氣候系統，令人安心。

彷彿這獨立的小世界，連氣象預報也管不到似的。

本以爲東莒也是這樣，不想六月來時，竟是日日夜夜的雨，一早就噴濺在木頭的窗檯上，一整天也沒有停歇的跡象，「今我來思，雨雪霏霏」[1]，似乎已和我熟稔了的東莒，再不必刻意以好天氣來取悅我，而大方的露出它本來面目。其實四時循環，原本有晴有雨，是我自己太一廂情願了。

可我心裡也非沒有防備，早帶了全套「森嚴」的雨衣，一點兒也不受影響的照樣出外漫步，看四處躲雨的鳥兒，看低垂忍耐的花草，看面有愁容的遊客，當然也看幾百年來，始終默默承受著雨水澆灌的老屋。

只擔心不知是否有人家漏水了，那可是滴也滴不完的煩惱呀。「雨落在全世界的屋頂上」，這是陳黎的詩嗎？記憶早已淡了，而雨還濃濃的下著，因爲不是極強，所以知道會很久。而我絲毫不在乎天氣的態度，是否說明我已不是東莒的遊客、而是居民了呢？

不管你擁有什麼，只要是眞正擁有，就會接受它的一切，GOOD OR BAD, RIGHT OR WRONG，當然也應該包括，SUNNY OR RAIN。

眞正下雨就沒有雲看了，天是一逕的灰，一副要灰到地老天荒的樣子。但大多時候有許多雲可看，因爲在四周沒有阻隔的島上，除了風擋不住，視線也是擋不住的，你可以看到三百六十度的天空，以及天空的主角——雲。

沒有雲的天空也許仍是美的，但就像沒有岩石的山、沒有花開的草地，總有點令人悵然若失。而雲是勤奮的演員，不管是一疊疊在天空堆積，一捲捲在天上漂浮，或只是一大片暈染開來，甚至是一絲一縷扮演著各種樣子，它們是一刻也不得閒的，只消一眨眼，樣子全變了。

曾經邀請百無聊賴的朋友看雲，「雲有什麼好看？」這樣的一頓搶白自然難免，

但只要是曾經認真看雲的人，一定會驚詫於它的千變萬化：你才好容易想像它是一隻小狗，它已幻化成一條長龍；你正注意它從兩方快速聚集，一忽兒它已無影無蹤、還你一片無辜的藍天；你想這塊雲真像是渲染的水墨，它已瞬間抽成千絲萬縷往地面傾注，「喂，你們那邊要下雨了！」多少次想打電話預告對面島上的天候，可惜那兒我一人也不識，再說，講了也沒用。

旅行中唯一無法預約的就是天氣了，雨要來就讓它來吧，來就好好欣賞它的雨景。很多地方有人到過千遍百遍，卻未必見過它雨中的容顏，這不也是一種因緣？這個月就在東莒觀雨吧，而觀雨的好處是，可以哪裡也不去，光在屋裡看，不看時用聽的，偶爾開窗讓雨絲在臉上輕輕沾溼，一種心甘情願的輕薄。

相對於這麼平淡的看待，雷電可就不一樣了！

也只那麼一次吧，散步到海邊的高地，忽然看見海上一道，不，兩道閃光，強烈得如同聚光燈般，難道有大戲要上演了嗎？接著傳來轟隆隆、有如撕裂天空的聲音，我知道，遠方雷電正激烈。

從前邂逅雷電多半在山上，躲避唯恐不及，哪有閒情逸致觀賞？如今「站關山看馬相踢」，很確定雷電在很遠方發生，一點也影響不到這小小的島。誰叫我這小小的島上擁有那麼大的夜空呢?附近散步的人不約而同的止步了。

精彩的是雷電不只一筆，而是在眼前兩點鐘和十點鐘方向各有一道，這邊啪啦一聲，張牙舞爪的射出交錯的電光；那邊也劈啪作響，毫不示弱的畫出縱橫天際的線條；然後再各自放出沉悶又震耳的巨響，好像在為雙方的軍伍擂鼓助陣……此起彼落，誰也不甘示弱，好像誰放的光芒不夠亮、發的電光不夠大、鳴的雷聲不夠響（而且還要餘韻不絕的迴聲），就輸了這個陣頭似的。有時乾脆同時出手，先是暗夜的天空亮如白晝，接著在鬈曲伏臥的雲層前，左右兩道閃電就像兩隻張牙舞爪的蟠龍，各自發出耀眼的光芒、蜷曲的身形、變幻的姿態，好像在對峙叫囂、決一勝負——但這也只是電光石火之間，剛剛深映眼簾，卻旋即歸於一片無垠的漆黑，只剩下不甘雌伏的吼叫聲，還從遠處源源不絕的傳來……

這實在太像從前漫畫中，仙人放電光對戰的景象了；也很像卡通裡，兩隻捉對廝殺的巨龍。一群人看得目不轉睛，第一回、二回、三回……勝負未分，忽然偃旗息鼓，靜悄悄，黑漆漆，好像什麼也沒發生過，只剩下左右兩個「事發地點」的西莒島和南竿島，仍然悄無聲息的隱約浮在海上，不知那兒的人們，是否也目睹了剛才天空中的一場惡鬥？

還是像我們因爲離得夠遠，所以看得夠清晰呢？

大自然不愧是一流的藝術大師，除了爲我們創造山川萬物這樣美不勝收的靜景，還不時賜予人類風雨雷電這樣變化無常的動態，千萬年來大家以「造物」稱之，確實是有所本吧！至少我是全面臣服了，充滿敬畏與感激。

更慶幸我有緣到這很遠很遠、很小很小、很靜很靜的東莒來，享有這裡美好的、無可取代的一切，包括風，雲，雨，雷……

還有什麼呢？天知道，嗯，天一定知道。

1.語出《詩經・小雅・採薇》：「昔我往矣，楊柳依依。今我來思，雨雪霏霏。」此詩描寫從軍將士的艱苦生活與思鄉情懷。

就是那些光

我喜歡看朝陽一點一點把景物染上淡黃、暈黃，最後是強烈的金黃，
好像再陳舊的房子、再古老的岩石都被賦予了新生命，
活絡起來、溫暖起來，只差沒有燃燒起來……

一個曾經在馬祖服役的朋友，聽我說到東莒，問的第一個問題竟然是：「那裡有電嗎？」

應該也有很多人這樣問，那麼小、那麼遠的孤島，沒有水沒有電都是應該的，沒有電視和網路似乎也理所當然——偏偏它什麼都有，而且充裕、方便得很。

甚至超過實際的需要。天一黑，所有的路燈都亮了，從主要的大坪村到我以前住的福正村，一路亮黃的路燈排過去，對照著幾乎沒有人跡的大路，更顯得一種燈火通明的寂寥。

路燈下往往，不，幾乎一直都只有我一個人長長的影子。島民都會在晚飯後的黃昏出來散步，閒話家常，但天一眞的黑了，大家就好像都講好了似的縮進屋裡，一個也見不到。還在路上走的，就只有我這個好奇、多事的外來者了。

這是島上的第一種光，有時在夜半睡前，我還會到小屋的陽臺上，看這四周亮晃晃的景物。還是沒有人，甚至連一點人聲也沒有，偶爾一閃而過的，是隻貓。

另一種光則是不一樣顏色的，比起路燈偏向溫暖的黃，它比較像冷冽的藍，但因整支光束是霧霧的，倒也不覺得淒涼。尤其它一定在你頭頂上，一定是整個晚上都一秒也不差的，緩緩的移動過去，像一只碩大無比的時鐘上，緩緩移動著巨大的時針、分針和秒針吧。一長兩短，一長兩短……原來是東莒燈塔的光束。

原來每一座燈塔發出的光頻都是不一樣的，讓黑夜中航行的水手可以毫不費力的接受指引，找到安心入港的方向。原來這緩緩移動在天空中的光束，遠遠看來是一長兩短的閃光——可惜我從沒有機會由海上看見它們，但它們在我頭上這樣固定沉穩的移動著，不知怎的，就給人一種安心感，知道它一定會出現，像孩子們知道父親天黑了就會回家。

有時卻得避開這兩種光，躲到完全沒有路燈、燈塔也被擋住的島嶼「背面」去，那是為了另一種燦爛晶瑩的光——滿天星光。

我在國家公園學的星象幾乎都派不上用場，因為這裡的天幕太黑，星光太繽紛，常常連用來基本組合星座的一、二等星都找不到，大家都那麼亮，好像一大群小學生喧嚷著「選我、選我」似的。好不容易才能找出「哦，北斗」、「哦，室女」、「哦，大角」，七拼八湊出了春季大三角、大迴旋，那又怎樣？不如躺下來靜靜看著滿天星星，以你明知道卻看不出來的速度移動著，偶爾給你一個小小的驚喜——「啊流星！」

總是來不及許願，總是一句「啊」字。據說天上每有一顆星星殞落，就代表世上有一個人過世……這樣想不免有點悲傷，但一定也有更多更多的新星誕生吧！

天漸漸亮了、星星漸漸稀了時，上場的就是永遠的主角——太陽了。這個島小到你可以在同一個地點看日出、也看日落，小眞是也有小的好處呢！

我不喜歡直視東升的旭日，那太挑釁也太刺目，面對太陽，除了像自古以來的人們拜伏在它腳下，似乎也沒有別的選擇。我喜歡背向朝陽，看它一點一點把對面

的景物染上一股淡黃、暈黃，最後是強烈的金黃，好像再陳舊的房子、再古老的岩石都被賦予了新的生命，整個的活絡起來、溫暖起來，就只差沒有燃燒起來了……

這時候它開始刺傷你的背，宣告它君臨天下的一日到臨。

小島上大多沒有遮蔭，你只要躲在沒有日晒的屋簷下、涼亭中，甚至屋子裡，感覺都是涼快舒爽的，但若是斗膽讓自己的影子出現腳下，那陽光必定是毫不留情的，或者說熱情十足的給你充分的紫外線洗禮。

即使很多時候，天陰陰的，雲層很厚，你的肌膚並沒有感覺陽光的刺激，但不露痕跡的敵人更凶險！回到屋裡時看看你的腿吧，短褲的長度劃出大腿的黑白兩界，腳背上明顯繪出涼鞋的帶子，而若取下手錶，一定可以看見陽光留下的一條白色手鍊……完全暴露在外的臉孔更不用說了。四月，才只是是四月哦！我第一次從東莒回來，朋友說得傳神：「哇！你黑得快要消失了。」

我就這樣一而再、再而三的到東莒去變黑、再回到臺灣白回來、然後再去東莒變黑……義無反顧，無怨無悔，誰叫我堅持一步一腳印的、一遍又一遍的走這個島呢？只因爲我想看到每一朵花開、每一隻蝶舞、每一株小草的迎風擺動、每一

塊土地的細微變化……哦，還有，最慘的是，每一朵雲與風的追逐，那永遠是在陽光的君臨下發生。

可也因爲陽光，才能給你最清晰、豔麗的景色，圍繞著整個島的是海，無邊境的海；是天，無止境的天。但天的色彩是由陽光決定的，光夠強，天就夠藍；而天夠藍，海也才夠藍——據說海水自己是沒有顏色的，教科書上不都說水是無色的嗎？所以海水的顏色只是反映天空的心情，而天空的心情則由無所不在的陽光決定。

因此陽光亮麗的時候，也就是俗稱的「底片謀殺日」了，現在不用底片了，但鋰電池與記憶卡勢必大量消耗，快門按到手痠，一樣角度的景色一遍又一遍的拍，只因爲每次看到都覺得好美、都像是第一次看到……有時夜裡審視白天拍的照片我會啞然失笑，幹嘛一直拍這裡呀？都拍過無數次了，根本都一模一樣……過幾天太陽一亮，路過時忍不住又拍了一張，還是一模一樣。

不知這可不可以用來解釋，我不斷不斷跑來東莒的原因。

一直到傍晚，這個光才漸漸弱下來，不再是驕傲的占領天空，而是把自己灑入每一片水波裡，這時你可以在海上看到細細的、小小的、成千上萬乃至上億個小太陽，在每一片像魚鱗般閃動的波光中，再貼上一兩個島嶼、三四艘漁船的黑色剪影……讓你目眩神馳的，一天臨別時最光輝的演出。

之後就是那顆緩緩下降，越來越紅的落日了。不論是色彩斑斕的晚霞，或是鑲上金邊的雲層，這時都只是背後襯托的舞群，完全擋不住巨星的風彩，做著它最動人、最不捨的謝幕……雖然這一切，明日又將一一重現。

天色暗下來的時候，我並不懷念這精彩了一整天的陽光。因爲前面提到的，夜間演出的三種光又將一一登場，而且任我選擇，觀賞，把玩……直到倦意襲來，讓我跌入深深的夜夢。

親愛的五位小天使

瓦幸在山林裡帶給我許多歡笑和靈感，
而你們每個人都是我的「瓦幸」。
我常常想起在一起的日子，
每一幕都記得清清楚楚，感覺我一生中，
好像從來沒有過那麼多歡笑。

親愛的五位小天使：

這封信是寫給你們五個人的，希望你們可以一起看，至少每個人都要看到。至於要不要回信、是每個人分別回、還是派一個代表回，那就由你們決定囉！

你們也知道，我絕不會勉強你們的，因爲我不是你們的爸媽、也不是老師，只是你們的大師兄而已。

雖然你們在東莒，都是口口聲聲叫我「大師兄」，但也許有人心裡會想：拜託哦，這個老得可以當我們的爺爺、阿公的人，怎麼好意思要我們叫他大師兄呀？

其實，這正是我的「陽謀」。還記得我們第一次見面、也就是我參加你們的戶外教學那次嗎？我一見面就說我是跟著你們來上課的，所以是你們的大師兄。

你們果然就這樣稱呼我，免除了我被叫成「王爺爺」或「苦阿公」的危險，眞是太感謝了。有這麼年輕活潑的小師妹，讓我感覺自己也變得有活力多了，所以才會在課程結束之後，和你們「沒大沒小」的互相丟擲野麥穗，沾滿了彼此的衣服，也帶回來許多歡笑。

不知道你們相不相信緣分？像我和你們，原本距離是那麼遙遠，應該是沒有任何機會認識的吧？但我卻大老遠跑到這個離臺灣最遠的小島上來，而且意外認識

了你們的老師，更意外認識了你們五個，今年東莒國小的畢業生。

後來我就送了你們我寫的《苦苓與瓦幸的魔法森林》，很高興你們都看完了（應該是吧？），我們也開了一場小小的座談會，你們的問題除了「碰到黑熊要怎麼把自己變大？」之外，大家最有興趣的就是「眞有泰雅小女孩瓦幸這個人嗎？」

我告訴了你們眞的有瓦幸這個女孩，她在山林裡帶給了我許多歡笑和靈感。但我沒告訴你們的是，我覺得你們每個人都是我的「瓦幸」。

在島上，只要每次看見你們，不管是故意躲躲藏藏或是被我嚇一大跳，不管是在海邊寫生或在茶館「眞心話大冒險」，你們歡樂純眞的笑臉，總讓我覺得：自己雖然是一個人來住在這個小島上，但我一點也不孤單。

爲了「報答」你們，我決定帶你們到我服務的雪霸國家公園去玩，做爲你們畢業旅行的部分行程，也好讓你們親身體會我書中的情境。連國家公園的處長都表示歡迎、專案要接待五位小貴賓。

沒想到天不從人願，颱風帶來的豪雨使得道路中斷了。雖然六月下旬我們一起到了南竿機場，卻無法帶你們去期待已久的雪霸，而那一次相見到現在，也快要兩個月了，我常常想起在一起的日子。走步道、窮聊天、製作陶板、看你們在畢業典禮的表演，還有就是你們和我的遊客朋友們打躲避球、輸的請喝飲料……每一幕都記得清清楚楚，感覺我的一生之中，好像從來沒有過那麼多歡笑。

在畢業典禮上你們表演「女人香」的節目，扮起大人的樣子，還做出一些「性感」的姿態——當然不太像，畢竟你們才十二歲呀！但我卻彷彿看到了你們長大後的樣子。是的，有一天你們五個人都會長大，各自會變成什麼樣子呢？還會不會記得我這個短暫的過客呢？

真糟糕，我的信寫得太長了，一定有人看得很不耐煩吧？如果看累了就休息一下再看好了，可別罵大師兄太囉嗦哦！

相信你們現在都很興奮的期待著國中生活，也有一點遺憾不再能每天混在一起。不過我相

信不管將來你們到了世界上的任何地方，一定都會記得也關心彼此，因爲你們都來自一個美麗的小島——東莒啊。

對了，說明一下，我之所以用毛筆在稿紙上寫信給你們，是因爲我平常寫作時，思考太快了，手常常會趕不上，字跡非常潦草。還記得我寫的「雪霸遊須知」嗎？一定有人一個字也看不懂，有人偷罵我字太醜吧？

這是我的疏忽，在此跟你們道歉，鞠躬。

所以這次我刻意用毛筆和稿紙，強迫自己一筆一劃慢慢寫、寫清楚。寫得慢也有好處：我現在一邊寫信，腦中就浮起你們一個個的笑臉，那眞是比春天來臨時，島上盛開的花朵都還美麗呢！

今年九月中旬，我會第四次到島上去，是計畫中的最後一次。不知道九月二十二、二十三那個週日，有沒有機會碰到還住在島上的三位？以及另兩位會不會回來島上呢？

如果我的願望能夠成眞，那就是老天爺給我的最好禮物了。

我好像還有好多好多話想告訴你們，也很想再看看你們的樣子，聽你們七嘴八舌的述說國中生活的點點滴滴。說不定大家又有了新願望，等著去努力實現……

無論如何，我一定會走到往懷古亭的濱海小路上，去看看你們和老師用我的手型做的陶板，像許多遊客一樣把雙手按在上面，對著大海、閉上眼睛，默默的許下我的願望。

我的願望就是：不管我們還會不會相見，不管將來你們到了哪裡、變成了什麼樣的人，都要記得在東莒國小畢業的那一年，你們是多麼的快樂，而且永遠不要忘記、也不要失去這種快樂的能力哦！

我會一直、一直祝福你們的。

大「失兕」二〇一二・十二・八

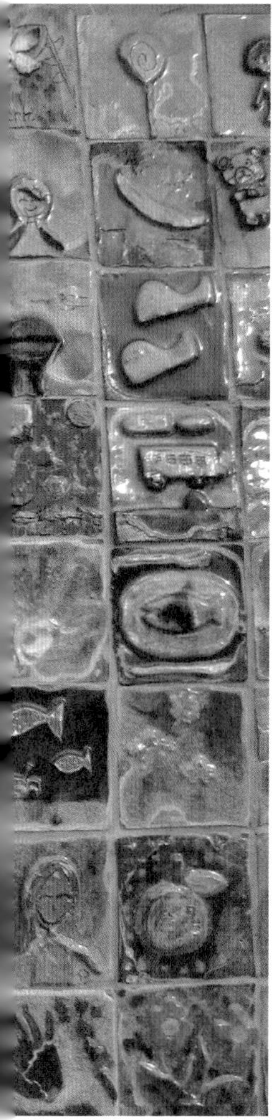

love
101
Apple
ApplE
Smile

花花草草這一島（上）

循著小徑走到面海那邊的山壁，
哇啊！迎風招展的的百合何止千百株？
看得我目瞪口呆，之後目眩神馳，
差一點掉到海裡去。
面對美麗的百合，
饒舌如我也會無話可說。

在東莒認識一些人，一些貓，還有很多植物。

有些是我在雪霸國家公園就認識的，沒想到這裡也有，一個在高山上，一個在海中央，很有一點「他鄉遇故知」的感覺，但有些部位還是有小小的差異，大概植物和人一樣，也都是要入境隨俗的吧！

有些則完全沒見過，簡直跟出國似的，怎麼就到處是不同的品種呢？尤其是某些慕名已久的，像紅花石蒜，去看它簡直有如朝拜，只能不斷的按相機快門，代替磕頭。

五月看見綬草開花，好開心！花朵順著直立長莖像迴旋梯般的一路往上長，簡直就是一整個的雍容華貴，回去得查查「大綬勳章」的「綬」字是否就這麼來的。

還有蘆竹，在臺灣常見，但在這裡遇到的是「毛鞘蘆竹」，看起來比較硬，竹子像拔劍似的由鞘裡長出來，後面的背景是大海，再後面是林坳嶼，再後面是天，天上有雲或鳥就不一定。《馬祖植物誌》裡的照片取景幾乎和我一模一樣，這說明「英雄所見略同」？

最喜歡的是野燕麥，從沒在臺灣見過，剛認識東莒國小的師弟妹時，就是抓下路邊野燕麥的果（種）子，互相丟得滿身都是，一路笑鬧不斷。陳宣蓉（六年級

綬草

野燕麥

生）被我丟了一身，正抓了一大把要還擊，卻已走到村子，老師說不許丟了，她們就都乖乖放手。

很活潑，也很乖巧的孩子啊！我當時心想。第二天在街上碰到她，笑盈盈的走過來，藏在背後的手用力向我一撒，野燕麥立刻沾滿我一身，眞是君子報仇呢！

六月起五節芒就處處盛開了，它可是昔日東莒人生活中的一大重頭戲。芒草可以蓋屋頂、可以當燃料，還可以用來取水……阿嬤們一提到就忍不住掉淚，好像那就是當年艱苦歲月的最強見證。

現在當然沒有這些苦了，苦的只是滿山芒花盛開如雪的時候，子孫卻都在遠方的南竿，甚至更遠方的臺灣……暑假快到了，有誰會回來，看看不知不覺中頭髮已經和芒花一樣白了的阿嬤呢？

甜根子草看起來則是更濃郁、而且明亮的白，不知怎的，就沒有芒花的那種蕭瑟感，臺灣的許多大溪流邊都有，不妨比較看看，但那可不是蘆葦哦！

蘆葦的根是長在水裡的，場景在《水滸傳》裡的梁山泊，一隻響箭射來，忽然出現一艘船上幾個綁頭巾的盜賊，商旅們就知道無處可逃了，趕快祈禱。

狗尾草則最傳神，一枝枝迎風招搖，眞的就像極了狗尾巴，實在沒有再適合

狗尾草

的名字了——如果所有的植物都能像這樣「望文生義」，該有多好。

同時也喚起了兒時的回憶。把一枝狗尾草藏在握住的拳中，用另一手操縱尾端，一隻活生生的毛毛蟲就鑽呀鑽的出來了，嚇哭了留辮子的鄰家女孩，也換來自己媽媽的一頓好打。

爸爸則只在旁邊笑，想他小時候必也幹過這等勾當。

鴨跖草則是超級迷人！我第一次邂逅的是耳葉鴨跖草，在大部分的圖鑑上，它看來是紫色的，現場卻是藍，不很深的、有一種透明感、卻分布很均勻的藍，特殊的高雅氣質能讓人蹲下來看很久，看到腿痠，看到嘆氣。

鴨跖草

嘆氣的是相機拍不出來，拍不出來那種高雅的藍色，好像從沒在別的植物身上看過，它有「申請專利」嗎？

後來又在《野花999》一書裡看到：鴨跖草早上開花，如果一天內還沒有蜂蝶等「媒人」來幫它和別朵花授粉，它也不等了（青春有限！），於是就自花授粉，天黑前，謝了。

多麼孤高的個性呀！難怪是那種特別色。

相形之下，紅花石蒜則是流行界的大明星，六月以前是根本看不見它的，它也毫不起眼，時間一到（走紅了！）它就滿地繽紛燦爛的開起來，而且無枝無葉，一根長長的莖，頂著像煙火般盛開的、華麗的紅色花朵，絲毫不謙虛，知道自己一定會成爲注目的焦點。

日本人不是把煙火叫做「花火」嗎？來東莒（至少要來到馬祖，臺灣只有金黃色的金花石蒜）拜見一下紅花石蒜，就知道什麼是白天也可見的花火了。

另一個極端是瓊麻。比起前者的貴族氣息，瓊麻簡直是普羅大眾，凡是海邊地勢最爲險峻的地方，誰都不想、也不敢生長的地方，它就大剌剌的長在那裡，也不怕你看不見——因爲它會直直向天空升起四到七公尺（兩層樓高耶！）的花，

紅花石蒜

瓊麻

色彩暗淡，造型卻極優美，尤其有靛藍的天空做背景，想不注意它都難。

這時代，各有各的「成名」法，而且不只十五分鐘。安迪．沃荷「如果看見這一幕，也可能修正他的說法。

有人說這些瓊麻是當年的駐軍種的，利用它的尖銳多刺反「空降部隊」。由於人一向是萬物中最不誠實的，所以我對此說也嚴重存疑：以它們生長處的峻峭嶙峋，傘兵眞的跳下來根本是自殺，關瓊麻什麼事？

若說島上的木麻黃和相思樹是阿兵哥種的，那可信度還高得多。不信你去問老人家，他們以前都去砍這些樹做燃料（比芒草好燒多了！），但阿兵哥不准，會抓。

那麼多年了，回憶起來還是氣呼呼的。好在這些樹都已平安長大成林，也不再有人砍伐，濃濃的樹蔭便宜了我這種路人甲。

路人甲乙丙都一樣，不能不提到百合，它實在美麗醒目，而且不知怎的，就是有一種聖潔感——百合之於基督教，就如蓮花之於佛教吧，是無可取代的象徵。

而且東莒的百合，不像臺灣那麼孤傲，不會獨獨擎起一朵百合，反而是一大串、比較像香水百合那樣聚在一起……看來就有一種節慶的熱鬧氣息了。

如果眞有「百合節」就該辦在東莒派出所旁的百合公園。第一次聞風而去只看到崗哨頂上的兩、三朵，心想這算百合公園嗎？王建華校長你也太混了吧？（舉凡東莒所有建設，幾乎都有前東莒國小王校長參與，要讚要罵都不冤枉）後來得到高人指點（其實熟人就是高人，是我們自己太低了）指點，循著小徑走到面海那邊的山壁，哇啊！迎風招展的百合何止千百株？看得我目瞪口呆，之後目眩神馳，差一點掉到海裡去，那就得勞煩海巡來救了。

面對美麗的百合，饒舌如我也會無話可說。

還是忍不住說一句：「生命中總會有，就連舒伯特也無聲以對的時候。」[2]

1. 安迪・沃荷（Andy Warhol）是美國著名的普普藝術大師，曾說過「每個人一生中，必定都能成名十五分鐘」。
2. 此為美國作家亨利・詹姆斯（Henry James）名言。

花花草草這一島（下）

我最「專寵」的當然是路邊處處有的海桐了，
白花開時一股幽幽的清香，
每次都讓我吸毒般用力嗅聞，
直到結了果子，
我都彷彿還聞到香氣，
唉，我一定是太眷念它了。

薜荔

薜荔眞是太「霹靂」了！

這不是在演霹靂布袋戲，而是東莒的斷垣殘壁特多，上面就滿是各種攀爬植物，也從沒注意它們是風藤或者拎壁龍，反正是永遠的配角，人人會看到，但都不注目。

直到九月分來，發現有許多卻長了極大顆、綠色、看起來殼很薄的果子，大小約如愛玉吧！這才驚覺陌生，查圖鑑才知道是薜荔，幸會幸會。

第二天就被來玩的朋友問了，因爲它們長得滿牆滿瓦，果子又大，很難不看到、很難不問，好像一時也搶了當紅的紅花石蒜不少光彩，很有點配角技壓主角的味道。

後來聽到當地人說這叫「假愛玉」，心想還眞傳神，但也替它們不値，薜荔也沒有冒充愛玉的意思，只因爲人類好吃愛玉，就把長得相像、卻不能吃的叫做「假愛玉」，跟「假沙梨」一樣，都很冤枉。

常常是我有眼不識泰山吧？看到葉瓣有鋸齒、十字紫花、和「玉山石竹」長得很像的，想當然耳就認爲是石竹，還得意洋洋的跟朋友說，這種花在雪霸是紅的，泰雅人叫它們做「跳躍的火焰」，大家都回應說很像很像啊！

濱柃木

後來卻在遊客中心播放的影片中，發現它叫「長萼瞿麥」，眞的是重大的挫折啊！查了圖鑑，發現馬祖眞有石竹，但花瓣的鋸齒不明顯，反而比較不像玉山石竹，而這個最像石竹的，卻叫做看來沒半點關係的「長，萼，瞿，麥」，眞是「殘念」。

只有兩者的學名，第一個字都是Dianthus，可見是有關聯的，不是我亂「牽拖」，稍稍覺得安慰。

濱柃木就讓我較放心，因爲它長相夠特別，長的地方又多在崖邊，常被「風剪」成匍匐狀。這個我喜歡，常常在大埔的「與風同坐亭」怔怔看著海上的林坳嶼，聽說那兒除了是磯釣勝地，更長了許多濱柃木呢！

而佛甲草就沒讓我那麼尷尬，因爲這裡的和我在雪霸常見的玉山佛甲草差異不大。滿地亮黃亮黃的，像一顆顆閃耀的小太陽，而因爲它們常生在岩石邊坡，另有一個名字叫「石板菜」。

不知爲什麼，一叫做「菜」就遜掉了，像黃堇和堇菜，望文生義的人一定覺得前者高雅、後者俚俗，而它們的長相給人感覺卻正好相反。

當然，如果它們能言語，一定會抗議：「名字還不是你們人類取的？雅不雅、俗不俗還不是你們的主觀感覺？」幸好，我不是眞的能和生物對話，不然一定會被罵死。

可能是一大叢、綠綠的灌木，看來跟人比較親近吧？我都比較喜歡。而最「專寵」的當然是東莒路邊處處有的海桐了，尤其白花開時一股幽幽的清香，每次都讓我吸毒般用力的嗅聞，直到結了果子，我都彷彿還聞到香氣，唉，我一定是太眷念它了。

有兩「位」則是我「求之不得，輾轉反側」的，那就是郁李和豆梨。或許因爲臺灣沒有，或許因爲文化局的曉雲把它們的花形容得太美了，或許我約略知道薔薇花科個個都是美女，也或許就是前後六個月，始終無緣見到它們吧！

也好，照老人家的說法，「留一個念想」。

也有本不該在馬祖的，像銀合歡，居然也被引進栽培而馴化了，我對這一類植物本來沒有什麼好感的，可是這一次看到它們開的、一顆顆圓滾滾的白花，以及垂掛著一列列的豆莢，忽然覺得還滿可愛的，有時還會忍不住多看一眼。

想起小王子和狐狸的故事，看起來不是銀合歡被馴化，反而是我被它馴化了。

應該說是大家各顯神通吧？像紫花酢漿草，早在臺灣看慣了、毫不足奇，可是

花朵跟豆梨神似的石斑木

在這裡中興路邊的一段，卻長了好大、好長、好豐富的一整片，眞所謂「數大就是美」，還眞是令人迷醉呢！那時我都叫那兒做「酢漿草公園」，每經過必駐足，偶爾就會驚起後面相思林裡，一整群的白鷺們。

喜歡烏桕（音同「就」）則不只因爲它是「特產」，而是因爲它眞的好看。非因花因果，光是樹形就美。而且九月綠葉時，還不如四月猶是枯枝時美，那蒼勁的身軀，在石壁老屋前，更流露一股蕭瑟之意，尤其是大埔村「名人居」的第一家，那石階、那老屋、那棵烏桕，活脫脫就是一幅潑墨寫意畫，一下子又把時空拉回百年之前，見證業已消逝的時光。

宜梧也是可親的，長相不如濱柃木，芳香難比海桐，但結的果子超甜。第一次和東莒國小的師弟妹們上戶外課，大家就在魚路古道上「宜梧吃到飽」，對於在國家公園一草一木都不許動的我來說，更有一種逾越規矩的快感。

每次經過宜梧，即使它的果子已沒有了，我口中卻似還有甜甜的滋味，或許是加上了和小朋友初相識的美好回憶吧，總是難忘。

宜梧

我最愛向來玩的朋友炫耀的時候，則是牽牛花、馬鞍藤和月見草都開的季節，我可以告訴他們，在沙地上到處爬、看來很像牽牛花的不是牽牛花哦！注意看，牽牛花是到處爬的，馬鞍藤則是到處趴的；花色雖然相近，但後者的花瓣中間有較深的星形，更豔麗些；而最易辨識的則是葉子，馬鞍藤的葉子比牽牛花的「紙質」葉子硬、也較光滑，就像皮革和紙張的差異，而且馬鞍藤的葉子是兩片成V狀的，看來就像個馬鞍，「嗯，是不一樣，不難認嘛！」大家一邊看花，一邊看著躊躇滿志的我。

而紫色的牽牛花又名「朝顏」，一

馬鞍藤

流蘇

大旱開花；黃色的月見草卻是向晚才開，所以又叫「宵待」，聽起來就覺得旖旎，但爲什麼呢？豈不知牽牛花靠蝶傳粉，蝶是白天活動，那麼月見草靠的想必是夜間出沒的蛾了，各取所需。

所以天色一轉陰暗，牽牛花紛紛關上「喇叭」，月見草卻迫不及待的綻放了。

然而，最讓我著迷的卻是流蘇，滿樹白花的流蘇，雖然它在臺灣多的是、連臺大校園都有，但我就是忍不住深深留戀，是因爲它的白太亮、太顯眼嗎？還是「流蘇」這名字太美、太多遐想？我總忍不住想到張愛玲，想到幽靜的閨閣女子……眞的，我眞是想太多了。

沒辦法，「不爲無益之事，何以遣此有涯之生？」[2]

看花都看到這個地步了，或許有人就能了解，爲什麼兩天就可以「走透透」的東莒，我前前後後待了兩個月還意猶未盡。

唉，我就是「愛太多」，我也愛比杜虹花（又名紫珠）的果子更紫的馬祖紫珠，一串串纍纍的紫色果子像珍珠般在陽光下閃耀。

我也愛一朵朵長得像耳挖子的印度黃芩（又名耳挖草），仔細端詳，更像一個個張大了小嘴在唱歌的紫紅色小精靈，幾乎可以想見它們的調皮，也勾起了我的

左：耳挖草
右：金銀花

回憶。初相逢時不相識，回頭問我的師妹，她笑笑不說，只用小指頭掏了掏耳朵，是不是一樣調皮？

更愛的是高調的南國薊，挺立著滿身的刺，開出紫色的一大球花，恣意的占領草原、懸崖、路邊和燈塔的庭院，春天時無所不在，要不注意也難。

可是低調的金銀花我也愛，總是默默的躲在樹叢裡，同一棵卻開著黃、白兩色的花，所以被美名「金銀花」，其實是白花轉黃、兩者並存，並不是兩個顏色。這個討喜的名字，原來只是個「美麗的錯誤」。我更愛它的別名「忍冬」，忍過冬天，好日子就來了——說的好像是東莒人的心情。

最愛、最愛的，則是「狗娃花」，這名字一聽就是外省腔調，且有點「俗又有力」，但它淡紫與鮮黃的兩種搭配（請想像一朵菊花，中間仍是黃色，四周的舌狀花瓣則是紫的），卻有一股沉靜之美。初看不起眼，越看越著迷，尤其是一大簇一大簇湧現時，根本就勢不可擋，在東洋山上，看到一小簇開在褐色的花崗岩上方，後面則是靛藍的大海，完全吸引住我，久久無法離開。

你若笑我是「花癡」，我也沒話說。

但你若也來東莒看上半年的花，哈，恐怕不癡也難。

狗娃花

1. 沙梨也稱蘋果梨、黃金梨、亞洲梨、日本梨，與假沙梨同屬薔薇科。假沙梨是常綠小喬木，又叫「夏皮楠」，果實為梨果。
2. 語出唐代國畫大師張彥遠，意指「不做這些沒用的事，如何打發這終將結束的人生？」

你的浪漫，我的苦難

海哦，船哦，這有什麼好拍照的？
美哦？那是你小女生看的，
我看就很苦，想要哭啊！
我們生在這個小島上，被海圍起來，
不好出去，也不好進來，
那時候好窮啦！

在福正的白馬尊王寺旁，一名白髮老媼和一名年輕女孩，並肩坐在一條板凳上。她們背對著我，頭靠得很近，看來是在交談中的祖孫吧？小孩子放假回來看阿嬤。但那女孩紮頭巾、揹著背包，手上拿著大大的相機，是一副遊客的模樣。

這兩人怎麼認識的、又在談些什麼呢？好奇心使我趨前了幾步，在盡量不打擾的範圍內，張大了耳朵，想在潮水的漲退聲中，偷偷聽出她們在說些什麼。

雖然有點心虛，我還是吃力的依稀聽到老婆婆說：「這都是妳拍的照片啊？」

「嗯，這個是芒花。芒花開很美哦！整座山都是。」

「那是妳小女生看的，我看了就很苦，想要哭啊。」

「為什麼？」

「因為這個芒草啊，從我很小很小，就要每天去砍它回來。要砍很多哦！砍得手都割到了，一條一條的，還會流血。」

「砍它幹什麼？」

「砍回來用啊。芒草怎麼會沒有用？那時候的屋頂都是用芒草蓋的，用瓦？哪裡有錢買瓦？那時候好窮哪！屋頂用芒草蓋，燒火也是燒芒草，一天三餐都要燒，洗澡也要燒。芒草一點點怎麼燒？所以啦，每天要砍很多很多哦！

「怎麼不去砍樹枝？早先這裡光光的，都是石頭，哪裡有樹？後來阿兵哥來種樹了，木麻黃、相思樹都有，不給人砍啊，砍了就來追，還嗶嗶的吹哨子，還是要砍芒草。

「還用芒草取水。怎麼取？那時候沒有自來水，山泉水也不多，從石頭縫一點一點露出來，就要用芒草葉子在那裡接……對了，代替水管用，接很久啊！有時候水少，要接好幾個小時，接接就睡著了，又要被媽媽打。

「不接水就要去挑水，這張照片是……叫什麼？魚路古道？哦，我們都叫『下底路』。風景很美哦？那是妳小女生看的，我看就很苦，想要哭啊！

「我沒有挑魚，魚很重啊！是我爸爸挑，挑到肩膀都黑黑青青，一塊一塊的。我媽媽也挑，她挑沙，從海邊一直挑過來。挑沙做什麼？要種菜啊，我們大埔沒有沙，就要從福正那邊沙灘挑過來，才能種番薯、豌豆、南瓜還有冬瓜……

「我要挑水，水也很重啊，扁擔都從中間壓到彎彎的，全家用的水都我一個人挑，揹著弟弟妹妹也要去挑，挑不夠了又要給媽媽打。

「爸爸不會打我，爸爸打媽媽，喝酒多了就會打。

「這一張照片是老房子，石頭蓋的，你說這石頭大大小小、亂亂的很美？那是

妳小女生看的，我看就很苦，想要哭啊！

「爲什麼不用一塊一塊方方的石頭？那種切好的石頭很貴，哪裡有錢買？那時候好窮啦！只能去撿石頭，撿到大大小小不一樣的，湊來湊去，蓋一棟房子要好多年。有的牆靠著山壁，就直接用山壁作牆，很不平，人會撞到，有時候還會有水滲出來。

「屋瓦也是啊！後來有錢買瓦了，沒有錢買泥灰來黏住，怕瓦被風吹走，就用石頭壓住。現在那個新蓋的房子，瓦上面也有石頭，那是水泥黏上去的，好看而已，我們以前是不得已。

「這個屋頂爲什麼有大椅子？那不是椅子，那是床。夏天很熱啊，房子窗戶又小，冬天怕風，夏天就沒有風了，熱到受不了，大人小孩都跑到屋頂上來睡，沒有床搬出來的、睡地上也可以。有沒有蚊子？有啊，很多啊！咬久了就習慣了，不熱才能睡，不睡怎麼有力氣工作？

「不只挑水砍柴，女生還要做家事。煮番薯籤……不是番薯葉，就是番薯晒乾、切成一塊一塊的，當然不好吃！哪裡有白米吃？那時候好窮啦！有時候去阿兵哥那裡，會給我們吃剩下的饅頭，那個好好吃哦！到現在都記得。

「吃番薯籤配什麼？配魚乾啊！釣到好的魚，爸爸就挑到大坪去賣，只有那些雜魚小魚沒人要的，就晒成魚乾自己吃，還有做魚露……對啊，都很臭啊，每天都臭，沒辦法，沒有別的東西吃嘛！

「這一張是什麼？海哦，船哦，這有什麼好拍照的？美哦？那是妳小女生看的，我看就很苦，想要哭啊！

「我們很可憐哪，生在這個小島上，被海圍起來，不好出去，也不好進來，以前小孩去對面西莒讀國中，要半個小時，去南竿就要兩個多小時，坐什麼船？坐漁船。那裡有妳那麼好？坐『馬祖之光』，還有電視看。

「那時候我們這裡沒有醫生，看病都要去南竿，連牙痛都要去南竿，坐船去、

坐船回來，好久好久……怎麼不暈船？暈到一直吐，吐還要小心吐，如果把衣服弄髒了，媽媽還會打。現在常常有醫生來，但是老人家毛病多，還是要去南竿看。再不行就去臺灣。

「有船還好咧！冬天風大浪大，常常船不開，吃的東西用的東西進不來，生病也沒辦法出去看……有，有直升機，我坐過一次，嚇死了，乾脆死掉也不要坐直昇機。

「這一張是漁船，在哪裡拍照的？福澳哦？我爸爸以前開這個船，出去釣魚捕魚啊，很辛苦，指甲都裂開，後來也沒有魚，都被大陸漁船抓光啦！他不打魚就天天喝酒，喝酒醉就打媽媽，媽媽心情不好就打我。

「我有不高興啊！我就打弟弟妹妹，不敢給大人看到，就背他們的時候偷偷捏一下大腿，就大聲哭啦，我再用力搖，說『不哭不哭』。

「現在不一樣了，大家生活都好囉！爸爸媽媽來不及看到好日子，弟弟妹妹都搬去臺灣了，我兒子女兒也出去了，孫子今年讀高中也要去南竿了，都是船把他們載走的，我在想這個船啊，會載人走爲什麼不會載人回來？

「只剩下我一個老人在這裡，有，他們都要我去南竿、去臺灣，我們在那邊都有房子。我住不慣，人好多，好吵呀！不習慣，我還是住在這裡，等他們回來，會回來，過年過節，有時候會回來看我。

「平常我就餵餵雞、種種菜。這一張是拍我？什麼時候？我怎麼不知道？老人家彎腰種菜醜死了有什麼好拍照？又說很美哦？我以前是美，那很久很久了，現在老了。

「妳以後也會老，現在還年輕，到處玩很好，來這裡做什麼？東莒這麼遠、這麼小、什麼都沒有……妳喜歡啊？喜歡就好，來幾天？什麼時候走？還會不會再來……」

老婆婆的聲音像棉絮般被風吹散了，年輕女孩頻頻用力的點頭，怎麼看都像是一對互相依偎的祖孫。

今天的海風眞的是太大了，吹得我眼裡都是沙子，伸手一揉，淚水就流了滿臉。

生活中的不可或缺

世界不需要知道我，
我又何嘗需要知道世界？
害怕離開人群，
是否因為已沒有能力和自己相處？
我就是想要一個人住，
絕對的孤獨，極端的安靜，
但也完全的自由。

四、五月借住在東莒福正村的房子，六月再去的時候，雖然屋主還是很樂意讓我借住，我卻想方設法的搬到大埔村去了，這個村子的原本居民數爲，零。這下子由「一個人，住一間房子」，變成「一個人，住一個村子」了，前文見報後，有些遊客慕名而來，到福正四十三號看我住的地方，「這……這不會太孤單嗎？」

後來聽當地導遊說我已搬到大埔村，於是又聞風而至，問題換成了：「這……這裡也能住人嗎？」「這裡……有水電嗎？」

就是有水電啊，只要有水有電的地方就能住人，至少我是這麼想的。當然最好能有「三水二電」，「三水」就是自來水、抽水馬桶、煮水器，如此於願足矣。可能有人會問：「等一下！那洗澡水呢？」說的也是，但六月房子新整修好時來不及裝熱水器，東莒某男人跟我說：「男子漢，洗冷水怕什麼？」——我果然中計，但眞的也沒什麼好怕，就像去泡冷泉，第一下很難，一沖下去之後，竟一點也不覺冷了，洗完還眞有點溫暖的感覺。

倒是喚起了遙遠的記憶。大學時租房子，爲了貪便宜，竟斗膽跟房東說：「沒有熱水洗澡沒關係。」就這樣咬著牙洗了一個冬天冷水，也還能「倖存」。

再說了，有很多地方，都是沒有熱水可以洗澡的，人不都一樣「活」下來了嗎？

六月底離開前有人搬來一個大熱水器，有一個冰箱那麼大，告訴我放心，九月再來一定有熱水洗。

七、八月暑假上山到雪霸國家公園值勤，九月再回大埔的時候，那個大型熱水器還原封不動的放著，連拆封都沒拆，東莒男人跟我說：「這個熱水器的用法，就是你一直看著它……看到全身發熱，就可以去洗澡了。」

原來是因爲整修房子時沒有預留二二〇伏特的電源，所以熱水器無用武之地，所以我繼續洗冷水。氣溫低了，風也變大，但人的身體眞是很有適應力的呀！

至於電則只要「二電」就夠了，那就是電燈和電源。電燈照明，電源煮水和電池充電用，其他？沒有了。

沒有電視，因爲不覺得電視裡有我非知道不可的事。地球有沒有我照常運轉，世界不需要知道我，我又何嘗需要知道世界？大多數時候我們打開電視，只爲了確保自己不和世界脫節，事實上世界從來沒有理會過我們……

不知你曾否注意，任何一個場所，餐廳也好旅館大廳也好家裡客廳也好甚至人來人往的百貨公司也好，只要有一臺電視開著，尤其是新聞臺，所有人的目光就

不由自主的被吸引住，沒法再關心身邊的人事物。但「偉大」的電視新聞告訴我們什麼了呢？誰又撞車、誰又燒炭、誰又和誰傳出緋聞……眞的非知道這些不可嗎？

不看電視，眞的可以清心，習慣了這種「世界不來吵我」的日子，有一次到島上的餐廳吃飯，就跟顧客們一起「努力」看了半個多小時的電視新聞——眞的，眞的什麼都沒得到，而且還眞不習慣，趕快換個僻靜點的角落。

若有時無的播報聲不斷傳來，大家一邊咀嚼飯菜一邊注視著閃動的螢光幕，或許都不知道自己到底吃了些什麼吧？

也沒有電腦。因爲我也不覺得需要上網吸收什麼不知是否正確的知識、知道什麼不知是否眞實的消息、連結什麼不知是否存在的人物……最重要的是，我不想跟看電視一樣，不知不覺被「打發」掉那麼多時間。要這麼多時間幹嘛呢？既沒有工作，又處在這只有二·六三平方公里的島上，漫漫日夜，要做什麼？

很簡單，就是最基本的食、衣、住、行、育、樂。

吃的很簡單，早上咖啡加麵包，萬一「來來西點」的賓哥去釣魚了沒做麵包，我就改吃餅乾。中午不吃——別太驚訝！你應該跟我一樣驚訝於下面這個數據：世界上有六六％以上的人，一天是吃不到三餐的。

我既無工作，又不勞力，像這種已經沒有「生產能力」的人，幹嘛浪費食物？不知道地球已經糧食危機了嗎？

中午吃水果，主要是芭樂，因爲不容易壞（對了，我也沒有冰箱），加一點餅乾，如果嘴饞就吃一杯泡麵。泡麵只有熱量沒有營養，是最不健康的食物，但可以解饞。出外「行走」的時候就帶一個小糕餅，下午餓時，就著當時所到的美景，配著白開水，就是最好的「下午茶」。

晚上再到人家或餐廳，好好吃一頓，細細的咀嚼每一口食物，原則上是嚼三十下，大部分食物在嚼三十下之後都已化爲液態、適於吞嚥、吸收，既顧到腸胃，也細品了美味。

可能是在山上養成的習慣吧？爬山時中午通常只帶一個飯糰或粽子，每一口都知道食物快沒有了，每一口都依依不捨……因而，每一口都覺得非常美味。

朋友說我「好嘴斗」（閩南語的「好胃口」），其實是因爲我只要有得吃，就充溢著滿足和感激的心。

穿衣服更簡單，內衣褲若干，長衫褲兩套，防風外套一，不知道還能缺什麼？有人覺得該穿體面些好看，有人覺得該穿名牌彰顯身分，孰不知王爾德有言：

「我不認識很多人，倒認識很多衣服。」我可不想在別人眼裡，只是一套又一套的衣服。再說了，一整個島上都待我如家人，在家人面前最大的特權，不就是可以穿得輕鬆、穿得隨便？

住更沒問題，有地方遮風避雨足矣，何況除了床鋪，我還有書桌椅、休閒躺椅，想不出還需要什麼設備能更舒服。夜裡躺在涼風徐徐的椅子上，聽蟲聲唧唧，聽浪濤拍岸，聽遠遠阿兵哥喊口號的聲音……早已不知今夕何夕。

「行」則說過了，一律走路，從頭到尾的走路，只因爲「沒有速度，才有眞實」。如果是開汽車機車呼嘯而過，眼裡只有前路，心中只有目標，哪會注意到路邊的花花草草？哪會看到雲怎麼飄、浪怎麼跳？又哪會邂逅草叢中的那隻花貓、枝椏間跳躍的幾隻小鳥？

當然，也得幸運的身在東莒這個「到處都走得到」的地方，才能讓我「什麼都看得到」。現在大家應該多少可以理解，爲什麼我非要住到這麼小的一個島上。

育樂是合一的，既然不看電視不上網，當然也不會整天低頭幫人家、或等人家幫自己按「讚」，請原諒我的偏見——只在 facebook 上出現的應該只是你的「網路朋友」，不能促膝談心、還需禮尙往來（互相讚來讚去）的，應該不是你眞正

的朋友，或眞心想要的朋友吧？

眞正生活中的不可或缺，於我而言就是書本與音樂。已經大幅縮減了物質需求與身體滿足，在心靈上我可是一天沒辦法少了這兩樣，所以我來東莒的行李中，沒有零食，多的是書；一天裡除了聽音樂的時間，就只剩下完全安靜的時間。也不知道爲什麼，只要有書可讀，有音樂可聽，我即使在這偏遠的小島、無人的村子，卻一點也不覺得與世隔絕。

既然到了不一樣的地方，就應該要過不一樣的生活。

我曾聽到遊客說：「只要有電視，要我去哪裡都行。」也看過遊客面對絕美風景，卻因爲無法「打卡」而氣惱萬分。爲什麼許多人都害怕暫時過一下不同的日子呢？排斥特別，是否因爲早已太過世俗？害怕離開人群，是否因爲已沒有能力和自己相處？

我就是想要一個人住，住一整個無人的村子。絕對的孤獨，極端的安靜，但也完全的自由。只要是不只一個人，就無法絕對的自由。因爲人與人相處，總要互相妥協、忍讓、爲對方著想，即使是極親密的伴侶，也不可能一個人「想幹嘛就幹嘛」吧……蟄居東莒數月，我終於理解了那些非要一個人扛著背包、騎著單車，

走遍世界的旅者之心了。

孤獨，卻不寂寞；安靜，並非無聊；只有勇敢（真的需要勇敢！不然你一個人住一個沒有人的村子看看）的追求、獲得並且享受自由，才能夠真正的「自在」。

在島上，服從自己的身體，想吃就吃，想睡就睡；順應自己的直覺，該走就走，該停就停；恢復自己的本能，能靜就靜，能動就動……脫離了一再REPLAY的日常生活，沉浸在「非日常」的喜悅與期待中，這正是旅行的目的、渡假的真諦，也是生命中的另一場洗禮。

過了幾個月這麼簡單的海島生活，我才深深體會「簡單，其實不簡單」。簡單是一種自信，是一種自足。到底什麼是生活中的不可或缺呢？別再加了！減減看，減掉A，可以；減掉B，也可以；再減掉C……能減掉越多，負擔就越輕，需求就越低，煩惱就越少。

像我在東莒，現在就只剩下唯一的煩惱：再過幾天就要離開了，怎麼辦？我可以把在這裡採集釀造、貯存的快樂，像一壺美酒般的，帶回臺灣、帶回滾滾紅塵去品嘗嗎？

有沒有這個可能——即使在臺灣，也可以活得很東莒？

從前有一個漁村

你可以用三十分鐘匆匆走到大埔、走完魚路，
也可以花三個小時，踩著先人的腳印，
從兩、三百年前的舟帆雲集、人聲鼎沸，
夜間燈火如畫、熙嚷喧鬧，
慢慢走到今天……

很容易看到大埔，也很難看到大埔。

從大坪村走大埔路，不到十五分鐘就可以到達大埔村，幾棟古舊的石屋一覽無餘，眞的很容易看到。

但這樣你其實沒看到大埔，你沒看到昔日舟帆雲集、人聲鼎沸，夜間燈火如晝、熙攘喧鬧的景象。

你可能得站在高處，閉上眼睛，想像這個繁華尚未落盡的漁港，因爲得天獨厚有半邊山遮住東北風，因爲那時漁場尚未枯竭，黃魚、帶魚、鯧魚唾手可得，竟然曾經有五十戶人家、聚集過近千人口，不但有客店、餐館、商棧，甚至還有眼前那兩棟看來灰撲撲的建築，一是煙花樓一是鴉片館。想像濃妝女子倚窗賣笑，軟弱男人倒臥煙榻，而外面商旅雲集、販夫叫賣、苦力往來奔走、孩童不顧大人斥罵嬉遊其間……如今整個村莊，還剩幾戶人家？

一戶也沒有。

這是個空空的村子，所以說你其實很難看到。

破敗的房子是空的，整建過的房子也是空的，有的用來養雞，兩層樓的雞用豪宅還眞不多見，難怪羽毛華麗的公雞，赳起了雞冠帶著母雞四處遊走；也有的用

來養鴨，張開的漁網底下，有的紅臉、有的臉不紅的鴨群，對無人打擾的庭園顯然相當滿意；貓們則在階梯、屋頂與竹叢中神出鬼沒，要捕捉到牠們的蹤影可不容易。

爲什麼只要是島，貓就特別多呢？是牠們適應荒涼的能力特強，還是島嶼慵懶的氣息只適合牠們？

有村就有廟，改建後的白馬尊王廟幾乎是懸空架在崖上的，但已不是傳統閩東封火山牆的建築，而是和大多數臺灣廟宇一樣，鮮豔光彩的貼片屋頂，和整個環境格格不入，即使廟裡還堆著剛「補庫」而來的諸多元寶，恐怕也難彌補所奉諸神那種「居非其所」的尷尬。

因此你又得閉上眼睛想像：元宵時「擺暝」的盛況，家家戶戶把豐盛的祭品擺得滿滿的，唯恐神明不夠滿意，往往連半圓牆的漁寮內也都滿是牲禮。

之後在街弄巷道的牆上，都貼上了「清潔衢道」的紙條，古老的篆體蓋上紅章，還眞有代代相傳的意味。之後就是身戴斗大金童半身的「尪仔」們，大搖大擺的過來了，老婦們口中唸唸有詞的祈求平安，孩子們則睜大了眼指指點點，男人們互使眼色預定今晚一醉方休，不顧女人們既不甘又不捨的眼神……「迎神」的陣仗既過，劈啪作響的鞭炮只剩一地紅花，再來就是人人都最眞心的「食福」了：大快朵頤，理直氣壯的處理神明用過的豐盛食物，也彌補一下平日勤儉生活中，不時發作的小小饑饉。

平常沒掛滿祈福風燈的日子，哪有這麼多三牲五畜可吃？如果在這還能碰到一個老婆婆，她會告訴你日常吃的是番薯籤和鹹魚乾，家家戶戶做魚露，臭味老遠可聞，卻是桌上可吃一年的唯一珍饈。

就連看來簡陋、有時就用山壁做爲一面牆的屋中，也常有人不願安枕，而寧可睡到屋頂上去，是因爲涼快？還是躲蚊子？凡此種種已不可考，反正業已一日疲累的赤膊男子，並不難在習習海風中入睡，夢想著明日一場意外的豐收……

就算是烹煮一日三餐的柴火，在貧瘠的島上也不可得，婦女們必須一大早起來砍芒草、備燃料……你問爲什麼不砍樹撿柴呢？能砍的早砍光了，這島才多大、有幾棵樹呀？而後來阿兵哥種的樹，爲了防衛又不讓砍，那就只有取材遍地皆是、長得比煩惱滋生還快的五節芒了。

芒草的用處還不止於此，由於島上水源貧瘠，大家還得早早起來，到所謂「東莒一神泉」的唯一水源處，排隊取水，在昏暗未曙的晨光中，用石頭壓著芒草的長長葉片，一點、一滴的取水，好容易裝滿一桶，還得擎起雙肩辛苦的挑回家去……這些過往情景，你由大埔的廟旁走入魚路古道時，當然還是看不到。

你看不到絡繹於途，挑水回家飲用的人（傳說有人爲了娶得美嬌娘，來回挑了二十擔水以搏芳心）；也看不到黎明即起，挑著沉重的魚貨到大坪村販售的人；更看不到以微薄收入換購一些家用，匡啷匡啷挑回家的人……「辛苦」二字從沒寫在堅毅的臉上，而在隱忍不語的心裡。

爲什麼昔日的榮景轉眼不再呢？因爲軍隊來了，設了崗哨管制港口，出入還得審問，動不動就封港禁駛，就連想到海邊泡水消暑，也常被大聲喝令：「口令！」

軍令如山，軍紀似鐵，答不出每日變換的口令，對於身分不明的外敵，在戰地是可以當場射殺的，好在世代長居的住民也不只會忍氣吞

聲，大喝一聲：「我是老百姓！」照樣暢行無阻。

這些都是行走魚路時看不到的：你看不到掛著搖床的斜坡，是昔日居民晒魚乾的場所；也看不出山邊幾顆隱隱滲水的巨石，是幾名粗工斜倚在此，看見漁船入港、知道有魚貨可搬，呼嘯一聲就衝下去的據點；更不說旁邊還有兩個、足可藏身十餘人的防空洞呢——年輕一代不會知道防空洞是什麼吧？他們什麼也不防，被和平奶水餵養的一代，根本無從想像戰爭的嚴酷。

這樣一路行來，看見一點點水的蹤跡都彌足珍貴，不管是兆海瓏[2]或什麼瓏，有的是半枯的水井，有的是隱約的溼地，都滋養了居民賴以爲生的莊稼，在這幾乎是世界邊陲的、「什麼也沒有」的枯瘠荒島，村民就這樣存活下來了。

於是才有了新的一代，才有大人帶著孩子，披荊斬棘的把早已失落在荒煙蔓草中的古道重新找回、恢復原貌，再種上宜梧、柘樹、豆梨……這些和先祖們一樣珍貴的原生植物，當然也有香蕉枇杷百香果桃梨芭樂龍眼……豐饒多汁的水果總令人欣喜，而有這般心、這股力來重新發掘、復原並傳承歷史的人，則默默述說著他們對土地的愛。

這樣的大埔、這樣的魚路都不是閒坐涼亭，看看林坳嶼、吹吹東洋風就可以看

見的，你得去聽耆老的口述、抄歷史的簡冊、聽村人的閒談、找先民的遺跡……還有，像重現電影場景那樣，在心中塑造一個又一個畫面，編織一個又一個故事。

所以，你可以用三十分鐘匆匆的走到大埔、走完魚路，也可以花三個小時，緩緩顧盼、細細品味、一步一步踩著先人的腳印，從兩、三百年前，慢慢的走到今天……

沒有故事，再美也是空景；有了故事，這才叫做旅行。

東莒一神泉

壠

1.擺暝是福州話，即「排夜」之意，盛行於馬祖列島與閩東地區，是馬祖的文化大事。活動於元宵期間舉行，於農曆正月十一日開始懸燈，至正月二十八日結束，家家戶戶祈求平安，各村排定祭神日，夜晚陳設供品酬神。

2.「壠」是土話，指山窪中出水的地方。

又一個沒有事的晚上

我身處一個熙來攘往、人聲鼎沸的機場，
卻覺得世上只剩我一個人的孤單；
而處在這又遠、又小、又安靜的世外小島，
我卻覺得心裡是滿滿的。

晚飯後一個人走路到猛澳碼頭，看有沒有星砂。

不是爲我自己去的，爲了在船上初識的一對愛侶。

他們說看了我的文章，特意到東莒來，半途又聽人說東莒有星砂，問說是連海水的白色波浪都變藍了嗎？講的人形容不下去了，除非身歷其境，世界上很多美好事物是無法言傳的。

我插嘴說像這樣吧，就是你在沙灘上一步踩下去，四周就綻開一點點的藍光，像放煙火一樣的，所以叫「星砂」，但星砂不是砂，我覺得應該叫「砂星」，沙灘上的藍色小星星，一閃一閃亮晶晶。

他們熱切的問我今天有嗎？我找不到內行的船老大，就親自走一趟先幫他們去看看，反正走路是我的專長。

結果在路上遇見勇哥。先是幾個女生和孩子，坐在直升機的停機坪旁，言笑晏晏，遠遠的和我打招呼，我其實也沒看清是誰，但一島人就是一家人，揮手問好。

然後就和勇哥同行，看一片漆黑的海面上，對面西莒島的路燈，有人說形狀像兔子，有人說是恐龍，也有人看到一個L字、一個V字，相由心生吧，但那燈始終那樣亮著、就像鄰居窗口的燈，你不知道他們在幹嘛，但確定他們安好無恙，很有一點守望相助的味道。

沒見到星砂，倒是滿天星辰閃耀，銀河潑灑。

回程時勇哥說他泡了松針酒，還有黑豆酒，越說越起勁，從材料、原酒、泡法、年分……越講越細，最後提議到我那兒喝兩杯，我心中暗喜，不動聲色說「好啊」。

他還帶了一條「現撈」的魚，興沖沖一起到我住的大埔村。六月時大埔村全村——全村哦——只有我一個居民，現在九月多了，兩個研究生住在附近，一共居民三人，居貓四隻，如果要選村長，我應該還選得上，德高望重嘛！

勇哥去借她們的鍋子煎魚，她們則在「撕」摘來的番薯葉，煮麵……時光一下回到五十年前，不，三十年前她們都剛出生呢，反正出現了一桌豐美的菜餚，就著天上閃亮的牛郎織女星，下酒。

夜深如水，四個人有一搭沒一搭說著閒話，你一口我一口的吃菜喝酒，「對了！檸檬！」小女生想到了，翻出來香水檸檬，切開滴在魚肉上，果然鮮美無比。

然後就無比的開心了。笑聲引來貓民中的兩位，陸續靠近來等魚骨魚皮，接住後就退兩步，也沒有眞像大貓那樣到隱蔽處就食，就意思意思吧！吃完了再上前等候，兩眼炯炯，與其說是警戒，不如說是小小的貪求。

蟲鳴不絕於耳，有時候簡直喧鬧如耳鳴，但永遠不覺得喧囂。就像不遠處持續撲擊岩岸的海浪，始終那麼巨大的聲響，但因爲規律和諧，又不覺得吵雜。就像此刻一隻螽斯[1]，就在我窗外嘶鳴著，聽起來極其有毅力的，想必會堅持叫到天亮吧！希望牠不要中途停止，免得我聽慣了忽然沒聲音反而醒來。

要怎麼形容這種吵鬧中的寧靜，或寂靜中的喧囂呢？就像昨天我身處一個熙來攘往、人聲鼎沸的機場，卻覺得世上只剩我一個人的孤單；而處在這又遠、又小、又安靜的世外小島，我卻覺得心裡是滿滿的。

送勇哥走了，謝過兩位小女生，回來欣賞她們在牆上留下的押花，手刻的「大埔聚落」印章，一個個親手做的香皀，一罐罐收集的植物種子……「爲什麼人家都說在這裡會無聊？」「是呀，我們可忙得不得了。」

我懂她們在說什麼，人家說我們無所事事，我們卻覺得處處有事、時時有事。像我剛喝完松針酒、黑豆酒，又惦念著聽說已經盛開的紅花石蒜（你在金瓜石看到的，是金花石蒜，不一樣哦！），已經結了甜甜果子的柘樹，明天還得去尋訪它們的蹤跡呢，怎麼會沒事？

回到屋裡，小心翼翼的開燈，趕緊關窗，不是怕風、怕蚊子，或怕鬼，是怕又有許多情不自禁的蛾撲上來，平白失了性命。「記得綠羅裙，處處憐芳草」[2]，這裡沒有石榴裙，但我們照明的光會讓許多無辜的蛾致命，能暗一點就暗一點吧，「我就是心太軟」，或者說，我老了。

老了就什麼都不怕，小女生聽到我問：「蚊子多嗎？」一起點頭如搗蒜，可見蚊子真的不少，可是我一向不在意。不是牠們不叮我，也叮，叮了癢一陣子，就過了，越來越習慣。難怪爬山時同伴問：「蚊子不叮你呀？」我就說大話：「對啊，偶束住蘭諸主（我是自然之子）咧！」

鬼就更不怕了，生平還沒機會結識一、兩個呢！我又不害人，彼此無冤無仇，想必鬼也不會害我，如果大家能做個朋友，我可以幫幫他（她），他（她）也可能會幫我，不是還有人想方設法「養小鬼」嗎？直接交個鬼朋友如何？

可惜一個人在大埔住了許久，也沒碰上，我正要提起這個遺憾，兩個小女生一起「噓——不准講」，勇哥也叫我不要語「怪力亂神」……好吧，這件事就且先按下不表。

星星不知不覺的移轉，時光不知不覺的流動，九月回到東莒的第一天，又過了沒什麼事、又好像很多事的夜晚。

明晚吧，明晚再去找星砂。

1. 螽斯（音ㄓㄨㄥ ㄙ），俗稱紡織娘。觸角比身體還長，身體顏色為綠色或褐色系，是植食性或雜食性昆蟲。雌蟲腹部末端有產卵管，是分辨雌雄的特徵。

2. 出自五代詩人牛希濟的〈生查子〉：「春山煙欲收，天淡星稀小。殘月臉邊明，別淚臨清曉。語已多，情未了，回首猶重道：記得綠羅裙，處處憐芳草。」意在告訴離情依依的情人，不管走到哪裡，記得自己最愛穿的綠色羅裙，只要看見路邊的芳草，就像想起了自己。此處指愛屋及烏的心情，就像珍視大自然裡的每一個生命。

有些事情，在那裡發生……

風大的晚上，
一些沒有門緊、僅用鐵絲勾住的木門，
會咿咿呀呀地開，又窸窸栓栓地合，
總像是有人出入，
又或者忽然「碰！」的一聲重重關上，
像是有人憤力摔門而去。

「你不……害怕嗎？」在東莒，大部分人這麼問我時，並不是指害怕壞人。這裡基本上沒有壞人，在此服務好幾年的警察勇哥告訴我，他唯一抓過的犯人是來島上偷電線的，但偷了之後因爲目標太大，在搭船離開前就被捕了。

除此再無罪犯。

所以害怕的應該是指「鬼」、「怪」或一般所謂的「阿飄」吧？前兩個月住在福正村時，左鄰右舍前房後屋確實都是廢墟，夜間也絕不見人影，但並沒有任何靈異，是不是因爲左有白馬尊王廟、右有陳將軍廟，所以「邪魔外道」不敢妄動？

後來搬去大埔。全村，全村只有我一

個居民。換句話說，其他的建築不是廢墟，就是空屋，而這裡曾經繁華一時，除了漁業興旺、商機鼎盛，甚至有賭場、煙館及風月樓，殺人鬥毆的事件想必不可免，枉死冤魂也應不缺……會不會有幾個，就算不是有意，也可能碰巧與我邂逅？

尤其是風大的晚上，一些沒有門緊、僅用鐵絲勾住的木門，會咿咿呀呀地開，又窸窸栓栓地闔，總像是有人出入（而明明，明明全村杳無人跡），又或者忽然「碰！」的一聲重重關上，像是有人憤力摔門而去。風更大時，甚至會不斷「砰！砰！砰！砰！」就像有人在急切拍門似的……一般人應該嚇壞了吧？我卻不知怎的，竟能躺在床上靜靜聽著，靜靜等待 Something happen。

結果是 Nothing happen，只因此成了東莒住民們街談巷議的話題，有的私下叫我「王大膽」，有的懷疑我是不是有點錯亂，大多說：「作家嘛，跟一般人不同。」

既然無緣結識靈界朋友，至少我可以四處尋找。縱然當年海盜橫行的時代已太久遠，但烽火連天的年頭可還記憶猶新，果然我在六〇基地，聽說了奇聞軼事。他說——

那時候我們部隊駐在這裡，平常也沒什麼事，反正就是出出操、放放哨，懸崖很陡，又都是雷區，不太需要擔心什麼水鬼。

可是有一晚水鬼沒來，別的鬼來了！在連集合場晚點名的時候，有三個士兵，是義務役的，那時我們叫「充員兵」，忽然就發作了！全身發抖，四肢痙攣，有的口吐白沫，有的口說囈語，「起乩了！」「著魔了！」「被附身了！」大家一邊議論紛紛，一邊往後退開，就看他們三人抖了一陣、亂了一陣，忽然就躺下不動了，這才敢靠過去。

人沒死，也沒傷，醒來後什麼也不知道，也沒人敢告訴他們，只私下擔心還會不會再次發生？

第二晚果然又來了！卻換了不同的三個士兵，這下大家更覺得恐怖了，也就是說：這不是昨晚那三個、或現在這三個、也不是任何一個人的問題，是有鬼了！有三個不同的鬼，輪流附身在士兵的身上。

一時軍心大亂，人人都擔心自己會被附身，被附過身者也開始覺得頭暈、胸悶，更可怕的是明確知道有三個鬼在軍營裡，他們是誰呢？想幹嘛呢？會不會痛下殺手、增添更多冤魂呢……出操全面停止，所有的崗哨都加派成雙哨（兩個人一起，說是可以互相照顧，天知道！）連長眼看事態愈發嚴重，趕快派人到處請教，看要如何鎮煞避邪。

後來聽了建議，請來營裡的軍旗，都說軍旗最有威勢，可以鎮服各方邪魔，連長把請來的虎頭營旗插在中山室桌上，心想從此以後可以確保無事。

沒過多久、那軍旗卻忽地飄動起來，連長探頭看看外面，完全沒有風啊，屋外的旗子都懨懨的垂掛著，怎麼室內這面小軍旗，卻像有一台無形的強力電扇對它猛吹？甚至吹到發出劈劈啪啪的聲音、好像即將撕裂似的？

連長嚇得一身冷汗，牙齒打顫，拔腿就往屋外跑去！

正要跨出門檻時，卻覺得有一股力量，從後面硬生生把他托了起來，而他只顧著往前奔，所以就一頭狠狠撞在門框上了！

一陣昏花，眼冒金星，連長已跌坐在中山室門外，屋外的人一擁而上，只見連長額頭上已是一片腫脹瘀青，卻無法理解身高不過一七〇的他，怎麼撞得到超過兩公尺半的門框？大家面面相覷，確定這已不是「人」能解決的問題了。

終於請來了南竿的道士，果然法力高強，一到現場，尚未問個分明，就確定這營區有鬼三位。一名是重病無人聞問、死在屋裡的附近居民；一位是個老士官，因為去撿拾被風吹落崖邊的帽子、失足落水而死；還有一個則是不知從哪裡漂流過來、穿著紅衣的女性浮屍。

查訪之下，果然有此三人，不，三鬼，但要如何請走他們呢？道士搖搖頭，只知其然，不知應何以然，朝著虛空中拜了三拜，搖著拂塵大步而去，連錢也沒收。只好再不辭重金，遠道去請臺灣的道士。來了之後說法也是一致，立刻到處豎起旗幟、遍插枝條、潑灑聖水，又擺出祭壇，師徒幾位連續作法七天七夜，據說總算把這三位「靈友」請出，並且在營房旁邊蓋了一所小廟，算是讓他們有個安身之處，盼能不再出來擾亂軍營。

果然自此以後，晚點名時不再有士兵被附身了，大家的驚慌與恐懼才算告一段落，忙著奔走此事的連長，整個人也瘦了一圈。沒想到當年立志殺敵報國，如今費力處理的，卻是連看都看不見的「敵人」。

很多人卻開始「看見」了！看見營房裡的床上，躺著一個病痛呻吟的老人，回頭去喊別人來看，卻又不見蹤影。

也看見崖邊一名老兵走來走去，狀甚焦急，上前探問，他只喃喃說著：「帽子、我的帽子……」，轉身走遠。

還有就是瓊麻叢後面，老是有人影一閃，哨兵大喊：「口令！」追上前去，卻只有一小塊紅布掛在葉尖，輕輕擺動。

而且都不是特例，類似的回報越來越多，已不能用「妄想」來解釋，用「謠傳」來搪塞……嚴重安危問題緊急向上呈報——距第一次「事發」後三十天，六〇部隊全體撤走！

如今，我徘徊在這人去樓空的六〇基地，看著蜘蛛網爬滿門窗，青苔貼上舊牆，野草從水泥地上叢生，風在步道崗哨之間遊走……想像昔日的驚慄與恐慌，看見了一塊褪色的布勾在瓊麻一角，不知是倉皇丟棄的軍旗，還是當年四處駭人的紅布，總之，都過去了。

但「人」走了，「鬼」就平息嗎？

我繼續追問，他蹲踞在幾乎已被野草掩埋的小廟前，在香爐上插了一根菸，合掌拜了兩下，又回頭看著我，意味深長的說——

沒有，六○的兵是走了，卻有別的部隊的兵聽說了，有些好事的、大膽的，或不信邪的，就三三兩兩結伴前來，想探個究竟，果然沒有失望，大都嚇個半死。回去有的生病發燒，有的整天囈語，還有怔怔坐著好幾天不講話的……事情很快傳遍全島，到後來連軍車都不敢開經這裡，寧可遠遠繞道。

現在？現在沒事了。前面不是要修一個六○戰備步道嗎？不爲戰備，都沒兵了還戰什麼備？觀光用的。施工的時候挖出一個方形大石頭，石頭上竟然刻著一個佛教的「卍」字，很工整，但明明又是天然的，太神奇了！就有人想到把它豎立在六○基地對著的小山上，果然就鎮住了，從此再也沒有這三個鬼魂出沒的任何訊息，士兵來，居民來，遊客偶爾也來，都沒事了……

所以這個東莒僅有的「鬼故事」，也就這樣告一段落了。我帶著些許滿足，又有點遺憾，看著巧遇的「說書人」漸漸走遠，心中又起了疑問：

「那麼你……你是連長……你是那個連長嗎？」

再回頭時，他已跨上機車，絕塵而去，在蜿蜒如一個又一個問號的山路上。

無目的漫遊

銀河濃得像要流溢而出的牛奶，
在黑暗如絲絨的天空中閃呀閃的，
是一顆顆，又一顆顆的星星。
這世上唯一已經不存在，
卻還看得見的，就是星星吧！

有目的就要計畫，有計畫就有壓力，所以我喜歡，無目的漫遊。

小小的東莒是最適合無目的漫遊的地方，反正時間多、地方小，不用擔心錯過什麼絕美的景點，反而有餘裕去發掘不一樣的地方，看到一般遊客走馬看花看不到的，甚至看到島上居民來去匆匆也沒看到的。

最好看的就是花花草草了，沒想到小小的島植被那麼豐富，我又從四月就陸續來、九月才依依不捨的走，同樣的地方，看到了不同季節的花朵盛開；即使是同樣的植物，也看到它從葉茂、花開、果結、種籽飄揚到漸成枯枝，好像經歷了它整整一個世代，「加油啊，你可以的。」有時在心裡爲一棵海島上艱困求生的植物喊話，雖然不知道它能否聽見，總覺得像家人般希望它好。

而會動的就更迷人了。

在雪霸山上時，常被飛舞的彩蝶誘惑，不知不覺追隨牠的翩翩身姿，看得著迷……忽地想到已被引入岔路許久，莫非這是山中的精靈設計誘騙我？

島上風大，蝴蝶飛展的雙翼更形單薄，常覺得牠們快被吹走了，但又想起彼等是有能力飄洋過海的，自己實在是太爲古人擔憂了，這才又好整以暇的欣賞起來。

眞正在島上勾引我的是小鳥，尤其是九月才多見的灰鶺鴒。

四、五月時多的是小鶯，一逕在路邊草叢裡嘹亮的叫著「有—飛機。」「你—回去！」「你—不回去？」好像在嘲弄我屢次因天候無法如期離開，豈不知我毫不在意，如此美好的地方，「關」得再久又何妨？

也有人告訴我，不管在東莒或是南竿，反正是被「關」怕了，此生不敢再涉足；也會看到島上有些不得不來、或想走走不掉的人，整日陰沉著一張臉。我想差別就在於：一根「木」頭如果四面都被困住、出入不得，那眞的是一個「困」字；可如果只是在一扇門內，想來就來，要走可走（頂多是晚幾天走！），那就是一個「閑」字了。

「困」與「閑」之別，不在處境，在心境。

亮黃的灰鶺鴒是九月才開始的邂逅，每次走在馬路上，牠們就在眼前飛躍。爲何說「躍」呢？當然有許多小鳥爲了躲避天敵，都會成波浪狀飛行，但這灰鶺鴒的波也太大了吧？細長的身子誇張的高低起伏，優雅的線條簡直像來自一個芭蕾舞伶，這不只是飛翔，這還是舞蹈。

我就情不自禁的跟隨、欣賞、讚嘆……心想總要拍張照片，讓讀者知道灰鶺鴒長什麼樣吧？誰知道牠們卻像看透了我的心思，總是遠遠的保持距離，我再怎麼

輕悄緩慢的移動腳步，稍一接近，立刻飛離，畫出一道美麗的弧線。卻又不走遠，保持一個可望不可即的距離，繼續引誘我……牠的個子已經夠小了，我的相機也只有二十倍距離，實在沒法清楚的「交代」牠的身形。

幾次失敗，我暗下決心：「發誓不拍你了，灰鶺鴒。」

結果又忍不住一而再、再而三的拿出相機，對準鏡頭，緩步前移……當然，又被「玩弄」了，而且是一連好幾天。

比較起來，遇到貓兒就輕鬆多了。我初來時就立志要幫島上的貓兒，每位拍一張照片，沒多久就自知說大話了。這裡的貓繁衍得簡直快如春草，事到如今，我也只能拍一張算一張。畢竟是野生吧！牠們很少慵懶的躺著，大部分早一步發現我，先是兩眼炯炯的警覺，我不動，牠不動，我一動，牠就像風一般的隱進草叢。

後來我就學乖了，先停住不動，一手慢慢的從腰間拿起相機——情景像極了西部片的牛仔拔槍對決，說時遲那時快！我舉起手槍，不，相機「喀擦」一聲，貓兒飛速竄逃，我得意微笑，「I GOT YOU！」只差沒把相機舉在嘴前，吹去槍管的硝煙……

有些貓顧著嬉耍（通常是小貓，少年不識愁滋味），沒有發現我；有些貓專心捕獵，被我靠太近。但貓畢竟是跟獅虎豹同一家的，還是會在緊要關頭及時察覺、逃離——也沒什麼「緊要」的，不過是拍一張照片而已，但機會都只有一次，一次不中，就沒了。

我還滿沉迷在這種貓的SAFARI中，SAFARI有人直譯「薩伐旅」，不知所云；有人翻做「遊獵」，我覺得還算傳神。在非洲乘著吉普車到處看動物，以相機取代獵槍、從「狩獵」改成「遊獵」，這也算人類文明的一大進步吧？「跟萬物和好」才是我們求生的根本之道。

在小島上和貓的遊獵讓我自得其樂，通常勝負的機率各半，差別也只在拍到拍不到而已，誰都不受傷害，說不定牠們若知道會有美美的照片供世人觀賞，還會停下來比個YA的手勢呢！我還真會胡思亂想的，這也是無目的漫遊的好處，亂想，亂走，亂看，卻常有意外的收穫，驚喜不斷。

最常給我驚喜的是海。選擇這小島本來就因爲它四面環海，走到哪裡都可以看到一片湛藍，也因爲地勢不同，一樣的海也有許多種不一樣的容貌。

即使如此，仍有一些海景會躲藏著「伏擊」你，就在我探索一條小徑、翻過一片山壁、穿越一片樹叢，甚或只是偶爾回頭時……啊，那全然不同的海又在眼前

出現了，一樣的藍，一樣的浪，卻又是另一番風情萬種。

沒想到這裡也看得到海啊，我喟嘆著，一次又一次被「打敗」，心甘情願的成爲這美麗小島的俘虜。

另外一種「突襲」我的，就更防不勝防了。六月住在大埔這個無人村之後，晚上一個人從吃飯的大坪村走回去，會有一段路沒有燈，驟然進入黑暗之中，不免小小的慌張，猛一抬頭卻看見，滿天亮燦燦的星。

那星星多到不可勝數，連原本熟悉的星座，也因爲星星太多太亮而無法辨識，銀河濃得像要流溢而出的牛奶，在黑暗如絲絨的天空中閃呀閃的，是一顆顆，又一顆顆的星星。那些離地球幾百、幾萬甚至幾億光年的星星，我現在看見的，是它在幾百、幾萬甚至幾億年前發出來的光，而它其實可能早已經毀滅了，爆炸了，消失了。

這世上唯一已經不存在，卻還得看見的，就是星星吧！

多麼神奇啊，我張口結舌的對著天空，胡思亂想時，一顆流星倏地劃過夜空。

受不了，實在受不了這種美麗到不太眞實的情景，偏偏這在我的無目的漫遊中，經常發生。

如果這不是我的夢

這是島與海的壯美結合，
山的高偉，海的壯闊，石的奇險，浪的迂迴，
這種交響詩般的演出，
不需驚嘆，你應該屏息。

最後一次離開東莒已經半年，一切於我已如夢。

有時候甚至會懷疑自己眞的去過，這樣一個遙遠而美麗的小島；有時候甚至懷疑是否眞有這樣一個地方存在。

就像一場美夢，醒來一切是空，但那甜蜜的記憶是揮不去的。人生的許多美好不也是如此……忘記，就沒了；記得，就是你的。

而且，藏在心靈深處，誰也奪不走。

之所以有種種感嘆，其實是因爲我一直沒有寫到東莒最壯麗動人的風景。這個地方，我當然一直想寫，但它的美套一句又老又俗的話，眞的是「筆墨難以形容」。

當然也可以看照片，但非身歷其境仍然難以體會。

前後分三梯次來訪的、我所有的朋友，無不對著這片絕世美景，讚嘆著「啊……」，長長的驚呼，停止個幾秒，四周靜默得彷彿時間都已凍結，「怎麼那麼美啦？」「哦，眞是有夠讚的。」「不虛此行了，不虛此行。」「我都不知道臺灣有這麼美的地方耶！」

所以他們每次三天兩夜的行程（我很蠻橫，只來馬祖四天的他們，都被我強迫要在東莒至少過兩夜），最後一天去搭船之前，我才會帶他們來，要爲旅程畫下一個完美的句點。

果然都成功了，我得意的看著他們驚呼連連、搶拍照片，甚至來回奔走，唯恐遺漏了美好鏡頭……知道一場美夢已在大家心中成形，而且，永誌不忘。

我的得意太過火了，好像這地方是我的孩子，而我是一個驕傲的母親，忘了自己不久以前，也在這裡發出我的第一聲驚呼。

這個地方外地人知道的不多，地圖上標記也不清楚，就連它的名字也有分好幾種版本……管它呢！莎士比亞不是說了：「玫瑰即使不叫玫瑰，仍是世上最美的花朵。」

如果你好奇的四處漫步，會在島上簡單的幾條主線道之外，又往其他的支線探索，看到一個小型的、新建的汽機車停車場，通常是空蕩蕩的，放眼四周也沒有任何標示，更不見什麼「可能的」風景……小心，你接近了。

旁邊有一窪平靜的水池，四周草叢茂盛，正覺靜謐時，卻可能鼓起如春雷般的蛙鳴，歌聲迴盪，不絕於耳，那你就是幸運的嬌客，聆聽了一首自然的迎賓曲。

假如你夠好奇，順著蜿蜒的石板小徑而上，且選擇了向左的路（當然，向右也可以，美麗的角度絕非單一），就會發現迎接你的，還有五節芒、狗尾草等迎風

招展的白色花穗，或是亮麗的南國薊、狗娃花紛紛競豔，而石板縫中生出的，一叢開了黃花、狀似臺灣島形狀的小草叢，更是令人莞爾。

抬頭處，有白鷺鷥驚飛而起，高挑的身影化爲一道美麗弧線。

這時才發現自己走在稜線上，右邊是汪洋的迷濛大海，左邊是遠遠的古老村莊，「跟著腳走，鞋子會把我們帶到哪裡去呢？」好奇心使你加快腳步，卻又爲了捕捉、吞噬、消化四周的美景而躊躇。

終於到了一個漆著綠色迷彩的崗哨——且慢，這崗哨的下半部已遭混凝土掩埋，上面則建了木頭欄杆，就這樣巧妙的築成了一個ㄇ字形的展望臺，除了可以登高眺望先前步道上左右兩種風景，它的正面更是驚人。

前面是斷崖，深深的往下，刀斧般劈下的崖邊壁底處，是散落的大小怪石，海水正一波一波的洗刷著，爲它們塑造各種令人驚嘆的外形。而在這人跡不能至、除非登臨此地也絕對看不見的海灣，視線隨著對面的斷崖一路往上，是一個突出的岬角，斧鑿深刻的岩石峭壁之上，聳立著一座白色燈塔。

是的，就是島上唯一的那座燈塔，做爲全島精神指標的東犬燈塔。平時我們趨近觀賞時，只讚嘆它美麗的花崗岩身形，長長的白色擋風牆，充滿西洋風情的白房子，乃至繁花滿地，古老幽情，卻只有在當前這個角度，才看得出它盤踞了多麼重要的位置，在茫茫大海與滾滾波濤之上，發出了什麼樣生死關鍵的永恆光亮。

對於太美、美得有點假（承認吧！是自己的想像力不夠）的照片，我們常會說是「像風景月曆」，但你來到這個地方不到三分之一路程，可能就已經有了好幾本風景月曆的題材，你很可能開始節制拍照，擔心記憶卡容量不足。

而這一切還是序曲而已。

循著原路走回來，再複習一次乍見的美景。左邊的村莊老屋，仍在陽光下持續寂靜著；右邊的遼闊海洋，仍然是陣風與洋流合演的舞台。且還要不時的轉過身去，唯恐錯漏了未及得見的美好，「世間好風景，總在回頭時」。

回到剛才的分岔路，遠遠的蛙鳴仍然繚繞，鼓舞你進行下一波的探索。這次往右上方走，看見的則是底下廣闊、荒涼的靶場，還有一路沿伸的戰壕、錯落四處的散兵坑。當年在此潛行崎伏的士兵們，想必是無暇也無心觀景的，看不清楚的海面，始終可能送來未曾預料的敵人。

小徑沿著崖邊前行，大致保持一個安全距離，風大時可能吹動你，但掙扎幾步，還不到足以落海的距離，何況風大半從海那邊來，頂多把你吹落戰壕，也還好。

因此不妨大膽些，如臨深淵，亦步亦趨的靠近崖邊，這時你就會得到無限的回饋：一個突出的岬角，以各種嶙峋奇石點綴上下，突出在深到暗藍的海中，而浪濤捲起的白色泡沫，則畫出一道環繞的曲線……這是島與海的壯美結合，山的高偉，海的壯闊，石的奇險，浪的迂迴，這種交響詩般的演出，不需驚嘆，你應該屏息。

而如樂章般陸續出現的美景，則推著你步步向前。即使留戀身邊美景，仍渴切盼望天邊彩虹，而這些風景則像層層堆疊的音符，一步一步把你導向更強烈的雙眼洗禮、更撼動的心靈衝擊，如果我說得太誇張請原諒我：有時候甚至會喘不過氣來。

因爲你無法想像。貿然越過了各種禁止事項的警告牌，你可以一路向下，如磯釣勇者那樣前進海岸，顛簸

難行、已不成路的小徑戛然而止，你不得不停下來，卻也極樂意停下來，看四周山崖上一顆顆比鄰而立、相互堆疊的石頭，好奇多久以後，稍稍的搖動翻滾，又會讓它們有一番新的氣象。看似千萬年來亙古不動的自然，原來卻是一番活動變化的景致，動的不只是海，山也在動。

然後你就赫然發現，自己站立在一顆突出岩盤的石頭之上，底下一點支撐，四周毫無屏障，如果從遠處看，就是高達百尺的高崖上，有一顆特別突出、幾乎懸空的石頭，而竟有一個人巍顫顫的站在那裡，這是何種懾人的景觀！

你不是在挑戰、更非狂妄想征服自然，而是臣服於它的鬼斧神工，驚嘆於它的高聳矗立，只有親臨其中，兩腳微微顫抖、心中忐忑不安，甚至雞皮疙瘩都起來時，你才知道大自然中隨便一個小小角落，都不是渺小人類有資格棲身其中的。

這種時候，心中不由自主浮起「造物主」這個念頭——必定是有更偉大超然的力量，才足以成就這些吧？

我喜歡鼓舞來訪的朋友們，也站到這絕世獨立的石頭上看看，看是感覺自己君臨大海、還是危如累卵？一般抗拒的多，「危邦不入」，遠遠在崖上束手觀看；也有鼓起勇氣一試，卻又在最接近處功虧一簣的；夠膽的當然也有，且多是女性

（就說女人比較勇敢！或者浪漫？），有一位還側臥身體如豔后，坐起點菸更逍遙……總之我相信不管上述哪一種，都永遠不會忘記這個地方。

「泥上偶然留指爪，鴻飛那復計東西？」[2] 在此留下的卻非一鱗半爪，而是驚心動魄的印象。

當然你也可以選在安全處，蹲下身子，以山海爲背景，讓人由上往下爲你留幾張剪影。或者東繞西轉，就想找一個好角度留一幅攝影傑作。但更多的時候應該會怔怔望著這不曾預期也從未邂逅的美景，在腦海中細細刻畫長久的記憶。

就像我現在蟄居山中小屋，完全憑著半年前的記憶，描述這曾經認爲難以刻畫的美景，不知道成功與否，但我已經盡力。

時日畢竟久遠了，我的回憶漸漸不再持續，好像由「錄影」變成了「拍照」，只剩下一張張單獨的畫面。例如那一層、一層又一層蜿蜒的山崖，在海上連綴成的美麗曲線；例如那海灣中的小島，是一片單薄的、直立的、彷彿吹彈可碎的岩石；例如那渾然天成的堅硬石壁中，還躲藏幾個極不起眼的碉堡，更增添了巨浪之上的肅殺氣氛；例如步道最後的花崗岩築成的巨大圓盤，許多人都不知其所以然，是要祭典用、舞趴用還是休憩用？如是前二者，也未免神祕得過度了，而若是後者，卻爲何沒有桌椅可坐，也無屋頂遮蔭呢？

我也在朋友質問之下，想當然耳的責難過幾次，反正是「坐著說話不腰疼」的，輕鬆批評了當初的建築者。

而如今我遠遠（距離遠，時間也遠）回想，才認定它就該是個四面八方毫無阻隔的圓形廣場，如此才能一覽無遺，如此才能張望各方，如此才不會被枝枝架架的擋住視線，原來這竟是個，三六〇度的環景天然劇場！

如果你的心已因這千般奇景

而波濤湧動，就靜靜的坐在廣場邊緣的矮牆上，讓陽光與風洗滌身心吧！如果還是靜不下來，也可以向右探看，完全強烈堅硬的山海組曲，在這下方卻有個小小意外——

一汪清澈平靜的海水，輕輕流湧出一個小小沙灘，彷如世外桃源般，藏匿在那不知如何到達的地點。水靜靜的搖著，沙子靜靜的亮著，好像在一節又一節、一章又一章強烈震撼的交響樂曲之後，來了一個小小的休止符。

你應該坐下來，看著這種神奇出現、不知會否消失的小海灘，良久良久，再緩緩複習、慢慢反芻先前所見（多半已不知不覺過了半天！）的壯麗風景，如夢似眞。

我今天在紙上做了這一場夢，不知虛實，難辨眞假，我勢必還得回到東莒，再一次，輕輕，踏入我的夢境。

1. 出自臺灣詩人瘂弦（本名王慶麟）的詩，他是我的新詩啓蒙老師。

2. 語出宋代詩人蘇東坡〈和子由澠池懷舊〉：「人生到處知何似，應似飛鴻踏雪泥；泥上偶然留指爪，鴻飛那復計東西？」意指鴻鵠飛鳥在下雪的泥土偶爾留下的爪印，都只是短暫的一痕，剎那又不知飛到何方。比喻人生如浮萍，聚散無常。

〈後記〉請你不要來東莒，如果……

請你不要來東莒，如果你沒有出國旅行的心情。

也許你會問：「不就是馬祖的一個小島嗎？」不錯，一個這一頭走到那一頭也不到一個鐘頭的小島。但問問身邊的人，去過的還眞不多，沖繩島濟州島普吉島長灘島都去過了，卻不知道「我們的」東莒島在哪裡。

就算「僥倖」去過的人，也不太會有好評：「沒什麼啊。」「一個燈塔，一堆老房子。」「海還可以啦！啊海不都是這樣？」

因爲去過的人，多半行色匆匆，晚晚到、睡一覺、早早走，或是早上到、吃一餐、下午走，請問這樣的時間、這樣的心情，要如何發現人家的美？要怎樣愛上人家？

所以希望你，至少有三天以上的時間，四天更好，一週尤佳，時間再長的話，你就會像我一樣，對東莒這迷人的小島完全無法自拔。

唯一不需要出國、卻很像出國的感覺，只有這裡有。

走吧！就這樣來一次生活中的小小出走，不必計畫，毋須擔憂，而且並不眞的遙遠，快的話兩小時就能回到臺灣，繼續擁擠嘈雜平凡庸碌的生活。

那時候如果在碼頭聽說浪大船不開，或在機場廣播霧大沒飛機，你反而會有一絲絲的慶幸、一點點的竊喜……因爲，你已「不愼」愛上東莒。

請你不要來東莒，如果你眞的很喜歡「熱鬧」。

東莒絕對不熱鬧，在最「繁華」、人最多的大坪村，「旅遊一夜團」的歐巴桑，晚飯後站在餐廳門口問：「啊這邊有哪裡比較熱鬧？」七嘴八舌中，我忍不住插嘴：「有啊，有兩條購物街，一條是上街，一條是下街……」她們的眼

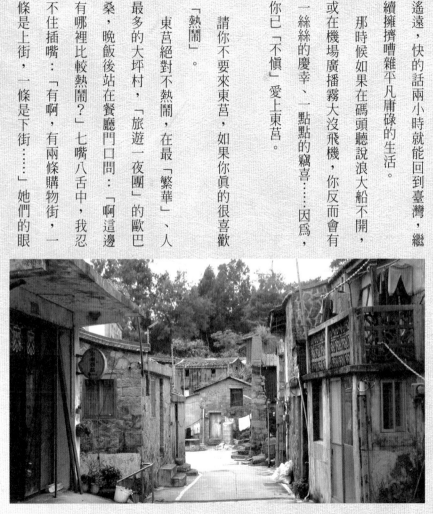

睛一亮，「各有一家……雜貨店。」

眼神又黯淡了，嘆口氣，各自拖著有點沉重的腳步，回房間，看電視，跟在臺灣的每一個夜晚一樣。

東莒沒有7-11，沒有麥當勞，沒有星巴克，也沒有夜市、夜店、夜生活。天色一暗，如果你不會看滿天的星星、看四處的螢火蟲，看全臺灣獨一無二的閃耀星砂，看在全島上空緩緩移動的燈塔光柱，看對面島嶼照射著魅人燈火，看天際雲端偶爾劃過的如龍閃電，看一戶戶古老石屋窗上的溫暖燈光，看一排整齊孤單的路燈襯著荒野的蛙鳴蟲叫……如果這些你都不會，你只能回到屋裡看電視、開電腦，跟在臺灣的每一個晚上一樣，那你眞的，眞的不適合一點點也不熱鬧的東莒。

請你不要來東莒，如果你是一個很「快」的人。

你不能很快的在東莒行動，很快的租一輛機車，很快的跑完地圖上主要景點，很快的拍了幾張照片，很快的回到碼頭等回程的船……全部可能用不到半天，你以爲什麼都看過了，卻什麼也沒看見。

你必須很慢，慢慢的走，慢慢的看，好看的當然要停下來看，表面上沒什麼好

看的，更要停下來仔細的看。於是你就會看見美麗的小花，可愛的小蟲，活潑的小鳥，以及那些溫和的羊，敏捷的貓，翩翩飛過的大白鷺。

你還會看見各種奇形怪狀的石頭，任憑你無窮想像；看見許多靈活跳動的浪花，在海上展現各種姿態；看見天邊時時興起的白雲，從不重複的創意構造；而環伺四周，隨著天候時隱時現的一個島、兩個島乃至十幾個島，更像野外怒放的春花，總給你猝不及防的悸動。

如果你夠慢，還可以看見藤蔓在廢墟上攀爬的痕跡，看見芒草在山徑上占領的過程，看見昔日的硝煙，仍盤旋在荒涼僻靜的靶場；久違的喧鬧，隱隱出沒在久無人煙的村莊……你不只看到大部，還看到細節；不只看到現在，還窺見從前。

如果你夠慢，你會看到一串串用繩子串起的小石板，像巨人遺落的項鍊，棄置在荒蕪的屋頂。你會看到一個個砌在牆上的陶甕，每個甕身上都打了小小的圓洞；你會看到一顆顆在丘陵上冒出來，像香菇頭般的奇特建築（其實是地下碉堡的通氣孔）；你會看到沙灘上一顆顆小小貝殼，忽然都快速移動——不是眼花，而是可愛的小小寄居蟹。

當然你最好不但是慢，還常常、常常的停下來，拍照也好，畫畫也好，做記錄

也好，或者最高段的，發呆就好。

請你不要來東莒，如果你不喜歡自己一個人。

不喜歡獨處，不喜歡跟自己相處，不喜歡待在四下無人的地方，也不喜歡在夜闌人靜的時分，跟自己的影子對話，問一問自己：「我是一個什麼樣的人呢？」「我將有什麼樣的一生呢？」「我對自己滿意嗎？我可以變得更好嗎？」或者，「我還有什麼不滿足的？」

東莒當然有人，「號稱」兩百人，實際見到的不多，也不會主動熱情的招呼外人，但只要你願意接觸，一定會得到友善的回應。這裡沒有人爲了多賺點錢而大獻殷勤，也不想要委屈自己就爲了「發展觀光」，你自玩你的，他們自過他們的，兩不相犯。但你若想與他們結交、眞心對待，你可以在最短時間內，交到最多朋友。

很多人問過我，爲什麼要跑到東莒這樣一個小島上去？難道眞的只爲了「找一個無人的所在」？難道多年以前所受的傷害，讓我到現在還是怕人、討厭人、就想躲避人？

剛好相反，我就是喜歡一個人，也喜歡一個人去認識人、交往人，試問，到了我這種年紀，還有多少機會，能在短短幾月內，交到這麼多新朋友？真的朋友啊，一點利害關係也沒有的，毫不勉強、完全隨興的朋友，毫無保留、傾心以待的朋友，時時關心、處處照顧的朋友……在東莒，除了偶爾接待臺灣來客，我都是一個人的。

但我也都不是一個人。即使孤身走在路上，單獨坐在海邊，夜裡自處屋中，白天閒晃老村，我的身影或許是孤單的，我的心裡卻有這麼多接納我、照拂我的新朋友，「樂莫樂兮新相知」[1]，他們溫暖的友誼，像經常包覆島上的霧一樣濃，就這樣看顧著我，守護著我。

「回來了？」而且他們毫無例外的，每一個都是這樣問我，好像我從來就是東莒的一分子，好像我只是久別重逢的故鄉遊子，好像我每一次的離開，都不是真正的離開。

請你不要來東莒， 如果你不懂我在說什麼。

1. 語出屈原《九歌．少司命》：「悲莫悲兮生別離，樂莫樂兮新相知。」意指有什麼比生死別離更悲哀呢？又有什麼比認識了新的知己更快樂呢？

苦苓東莒漫遊路線圖

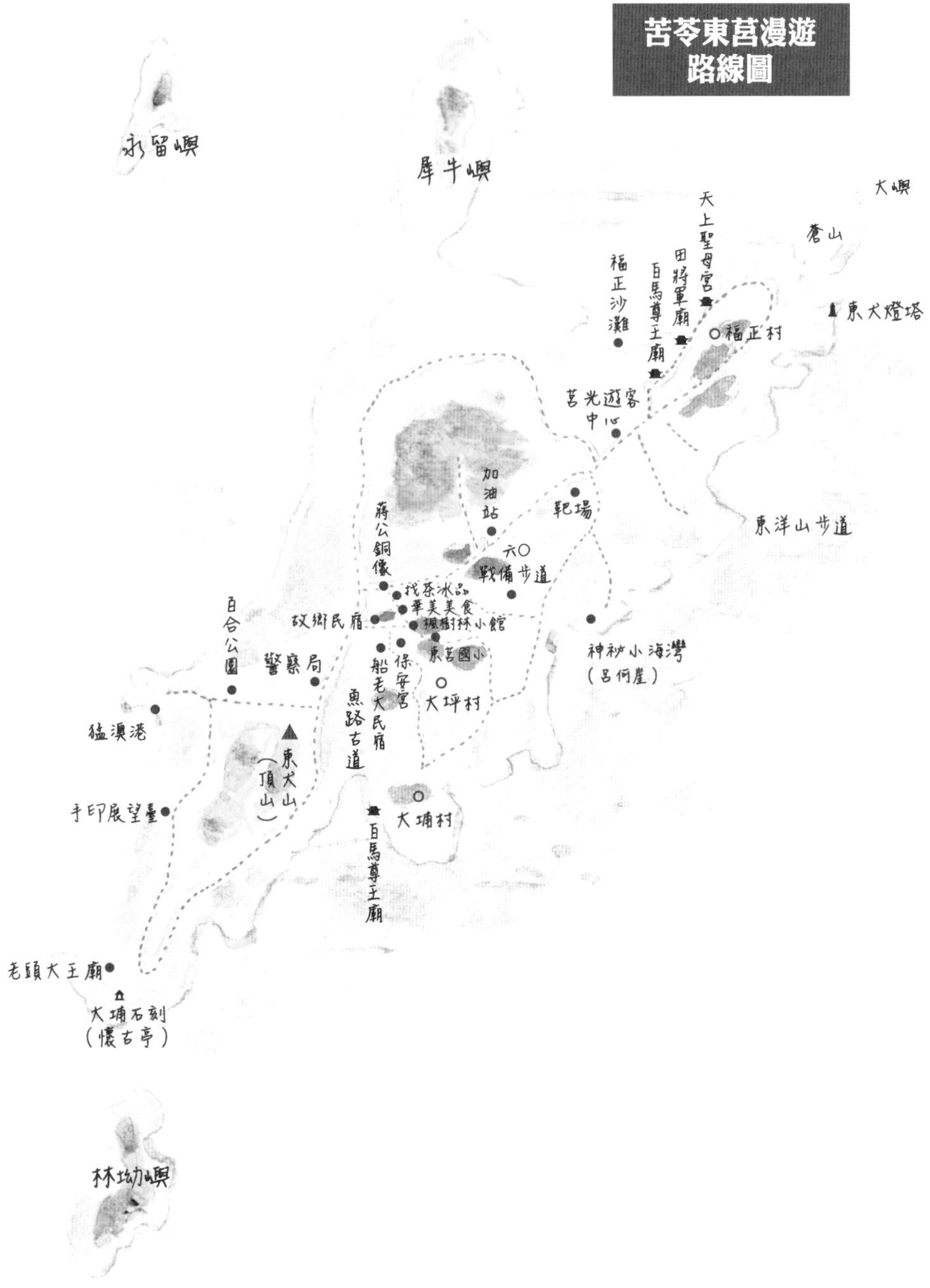

永留嶼
犀牛嶼
大嶼
蒼山
天上聖母宮
田將軍廟
白馬尊王廟
福正沙灘
福正村
東犬燈塔
莒光遊客中心
加油站
靶場
東洋山步道
蔣公銅像
六○
戰備步道
找茶冰品
華美美食
楓樹林小館
故鄉民宿
東莒國小
百合公園
警察局
船老大民宿
保安宮
大坪村
神秘小海灣
（呂何崖）
猛澳港
魚路古道
東犬山
（頂山）
手印展望臺
大埔村
白馬尊王廟
毛頭大王廟
大埔石刻
（懷古亭）
林坳嶼

遊客中心

〈附錄〉東莒一日漫漫遊

不用交通工具，一樣可以玩遍全島！

1. 在南竿福澳港搭早上七點的船前往東莒（航程五十至六十分鐘）

◎港口邊 7-11 隔壁就是售票處，單程票價兩百元。若是雙日會直接到東莒，若是單日會先停西莒（注意看港口大字，別下錯了！），再過十分鐘才到東莒。

2. 在東莒猛澳港下船後，沿著唯一的上坡路前行，走到盡頭處有牌樓（約十分鐘），左轉中興路，過警察局後看到綠色大字的「故鄉民宿」（約五分鐘），選擇左邊、即民宿前的馬路繼續前進，會走到蔣公銅像圓環（約五分鐘）。

◎半路有一個涼亭可稍微歇息，遠眺西莒島。轉中興路後左邊有百合公園，五月時可入內欣賞百合盛開。

3. 由圓環往前方下坡的中興路前進，經過加油站、靶場之後到達莒光遊客中心（約二十分鐘）。

◎一路往前都可看到遠方燈塔，路兩邊坑道是停坦克車用的。到遊客中心可看海、看展示、索資料及裝水，別忘了上廁所。

天上聖母宮

4.出遊客中心左轉，看到往「東犬燈塔」的路標後，右轉上坡，再看到往「福正村」的路標後，左轉下坡，之後右轉有房舍處即福正村，左邊有一個小型可停車空地（約十分鐘）。

◎一路可遠眺福正沙灘、犀牛嶼及永留嶼。

5.停車場對面（即路右邊）有一條石板小路（末端看得到燈塔），由此往上可到東犬燈塔（約二十分鐘）。

◎一路上可欣賞兩邊新舊雜陳的閩東式建築。

6.先看完展示館再走向燈塔，接著往兩門霧砲方向，前方水泥路右側有一條車輛寬度的青草泥土路，由此可到大砲陣地及展望臺（約五分鐘）。

◎燈塔右前方有廁所，展示館有時會有人導覽，土路右邊是廢棄營房，到展望台可見蒼山與大嶼的美景。

7.回到水泥路上，左轉往下走會經過一軍事基地，再順路往下就到達「天上聖母宮」（約十分鐘）。

◎右邊會經過「五三磯釣步道」，可踏上展望臺觀景，一路上也可眺望福正港景色。「天上聖母」內的泥塑值得一看。

8.沿廟前馬路前行，右邊有一沿著堤防的岔路，就順這條路走，可到達「白馬尊王廟」及一座八角亭（約五分鐘）。

◎可在此放下背包，脫掉鞋子，下去福正沙灘戲水、挖蚌，上岸後可到廟旁廁所沖水。

9.由福正沙灘走到猛沃港安檢所前，會再經過遊客中心，走向左前方大埔路，在左邊第二個岔路，即過了靶場後左轉直上（無路標），會到一個汽機車停車場，這就是東洋山步道入口（約十分鐘）。

10.上步道後先走左邊階梯，可到一崗哨改建的展望臺（約十五分鐘）再由原路走回步道（不論去回一律靠左邊走，是個8字形環狀步道），最後是三六〇度圓形觀

福正沙灘

崗哨觀景臺

景臺（約十五分鐘）。

◎除了兩處觀景臺，在一有警告標誌的高崖地也可趨前觀賞絕佳美景，但要注意安全，強風時尤須留神。圓形觀景臺上有三六〇度海景。

11. 由觀景臺走左邊步道回停車場（約十分鐘），再回到大埔路左轉前行，走過一個陡山坡就到「神祕小海灘」觀景臺（約十五分鐘）。

◎臺上所見即有名的「呂何崖」，觀景臺後有一路標往「佛手」，是一塊上有「卍」字的天然巨石。

12. 續往前行，會看到「六〇戰備步道」入口（約五分鐘），走上此步道不久即可看到燈塔造型的電信局，就回到大坪村了（約十分鐘）。

◎往前走即是民房、餐廳，中午可到楓樹林小館吃煎餃、臭豆腐，或華美餐廳吃蔥油餅、餛飩湯，飯後再來一杯「找茶」的仙草奶凍。

13. 大坪村走到最低處，即是「船老大民宿」，由此左轉往大埔路，經「保安宮」，可抵大埔村（約十五分鐘）。

◎可到涼亭小坐，觀賞聚落石屋及林坳嶼，再下到白馬尊王廟，廟前左下方有廁所。

大坪村

14. 由廟旁小土路前行，即爲「魚路古道」，走到出口即接回大埔路，已可看見大坪村民房（約十五分鐘）。

◎請仔細瀏覽路邊解說牌，勿錯過鹹魚場、倚山岩、搖床區、兆海瓏等景點，以及兩旁豐富的植物生態，回程還可見對面軍事基地及火力發電場大煙囪。

15. 由船老大民宿往前走，左轉警察局，走回早上到的牌樓處，勿右轉往下，直走自強路就到大埔石刻（約二十分鐘）。

◎左邊會經過「氣壯山河」，盡頭是一營房，右轉即可看見「老頭大王廟」及大埔石刻的懷古亭，也有公廁。

16. 不走原路，由左邊戰備道前行，左邊有一展望臺，再接上往猛澳港的路，左轉下行即到港口（約十五分鐘）。

◎展望臺上有一手印陶板，可將兩手放置其上，閉目許願，夫妻或情侶則需各出一手，以「交杯酒」姿勢一同許願。

17. 最後一班往南竿的船是下午三點二十分，如果你已流連忘返，那就在此過夜吧！天上的星星和海中的星砂都會歡迎你。

手印展望台

魚路古道

苦苓作品集③

我在離離離島的日子

文字攝影—苦苓
主編—陳信宏
責任編輯—葉靜倫
責任企畫—曾睦涵
校對—苦苓、Jessy、謝惠鈴、葉靜倫
視覺設計—黃一峰
董事長
發行人—孫思照
總經理—趙政岷
總編輯—李采洪
出版者—時報文化出版企業股份有限公司
一〇八〇三 臺北市和平西路三段二四〇號三樓
發行專線—（〇二）二三〇六—六八四二
讀者服務專線—〇八〇〇—二三一—七〇五
（〇二）二三〇四—七一〇三
讀者服務傳真—（〇二）二三〇四—六八五八
郵撥—一九三四四七二四 時報文化出版公司
信箱—臺北郵政七九～九九信箱
時報悅讀網—http://www.readingtimes.com.tw
讀者服務信箱—newlife@readingtimes.com.tw
第二編輯部粉絲團—http://www.facebook.com/readingtimes.2
法律顧問—理律法律事務所 陳長文律師、李念祖律師
印刷—詠豐印刷有限公司
初版一刷—二〇一三年四月十九日
定價—新臺幣三〇〇元
⊙行政院新聞局局版北市業字第八〇號
版權所有・翻印必究（缺頁或破損的書，請寄回更換）

國家圖書館出版品預行編目資料

我在離離離島的日子／苦苓 著
初版. -- 臺北市：時報文化, 2013.4
面； 公分. -- (苦苓作品集，03)
ISBN (平裝) 978-957-13-5750-8
855 102006290

ISBN 978-957-13-5750-8
Printed in Taiwan